中國語言文字研究輯刊

二六編

第 **4** 冊

《上海博物館藏戰國楚竹書(七)・武王踐阼》考釋(上)

江秋貞 著

花木蘭文化事業有限公司

國家圖書館出版品預行編目資料

《上海博物館藏戰國楚竹書（七）‧武王踐阼》考釋（上）／
江秋貞 著 -- 初版 -- 新北市：花木蘭文化事業有限公司，
2024〔民 113〕
目 2+156 面；21×29.7 公分
（中國語言文字研究輯刊 二六編；第 4 冊）
ISBN 978-626-344-600-7（精裝）
1.CST：簡牘文字 2.CST：研究考訂
802.08 112022485

中國語言文字研究輯刊
二六編 第四冊 ISBN：978-626-344-600-7

《上海博物館藏戰國楚竹書（七）‧武王踐阼》考釋（上）

作 者	江秋貞	
總 編 輯	杜潔祥	
副總編輯	楊嘉樂	
編輯主任	許郁翎	
編 輯	潘玟靜、蔡正宣	美術編輯 陳逸婷
出 版	花木蘭文化事業有限公司	
發 行 人	高小娟	
聯絡地址	235 新北市中和區中安街七二號十三樓	
	電話：02-2923-1455／傳真：02-2923-1452	
網 址	http://www.huamulan.tw 信箱 service@huamulans.com	
印 刷	普羅文化出版廣告事業	
初 版	2024 年 3 月	
定 價	二六編 16 冊（精裝）新台幣 55,000 元	版權所有‧請勿翻印

《上海博物館藏戰國楚竹書(七)·武王踐阼》考釋(上)

江秋貞　著

作者簡介

江秋貞，國立臺灣師範大學國文教學碩士、國文學系博士，現任中學國文教師。碩士論文《《上海博物館藏戰國楚竹書（七）·武王踐阼》研究》、博士論文《《清華大學藏戰國竹簡（柒）·越公其事》考釋》，著有多篇單篇論文，對古文字很有興趣，研究專長：文字學、戰國文字、楚簡。

提　要

　　戰國楚簡研究已成為當今學術界關注的焦點，它帶動著整個文字學研究的發展，目前除了文字學家外，包括哲學、歷史、語言學、及文獻學的學者都熱烈鑽研這一個領域。2008 年底《上海博物館藏戰國楚竹書（七）》出版，筆者即以其中一篇〈武王踐阼〉為研究對象。目前楚簡〈武王踐阼〉是所知最早的版本，它的價值彌足珍貴，故本論文研究的目的，是將所見楚簡的文字和內容作考釋和翻譯，並配合閱覽相關典籍，試圖梳理過去的闕疑，從中爬羅剔抉，將〈武王踐阼〉篇的內容還原至早期的面貌，以期為日後相關的研究作奠基。

　　本論文分為四章。第一章「緒論」攄陳筆者研究動機與目的、研究方法與步驟、竹簡形制、目前研究現況。第二章「簡文考釋」分為五節：第一節甲本「武王問道」、第二節甲本「師上父告之以丹書」、第三節甲本「武王鑄器銘以自戒」、第四節乙本「武王問道於太公」、第五節乙本「太公告以丹書之言」。第三章「結論」分二節：第一節作「釋文和語譯」、第二節介紹本論文「研究成果」。第四章「餘論」分四節：第一節「楚簡本和今本的比較」、第二節探討「版本和價值」、第三節「簡本書手研究」、第四節「簡本韻讀研究」。論文末為參考文獻和附錄三篇：楚簡的圖版、今本〈武王踐阼〉全文、元明清三代刊本。最後是跋語。

目 次

凡　例

一、本論文採用新式標點，其餘符號大體依照古文字界的習慣：□表示缺一字，☑表示缺若干字，若□中有字，則表示是根據其他條件補的。……表示本簡前後文義未完，應該還有字。( )標示今字、通假字，(？)表示括號前一字的隸定還有疑問，〔 〕表示該字為衍文，簡號以【 】標示，標在每簡的最末。

二、本論文依照學界慣例對業師尊稱老師，對前輩學者一律不加先生。

三、涉及簡文考釋者採窄式隸定，難字括號註明今字、通同字等；不涉及考釋的部分，以寬式隸定。語譯力求明白通暢。

四、本論文的「簡文考釋」部分，分為甲、乙本。各本以內容不同的章節。每章節皆先列整段釋文，再列簡文大要，再分成數句以作字詞的考釋，每句要考釋的字詞以〔1〕、〔2〕、〔3〕……標記，逐一進行考釋。字詞考釋之後，再進行整句釋義。

五、本論文為方便閱讀，於筆者自己的意見均標記「秋貞案」。

第一章　緒　論

　　文字學是一門高深而基礎的學問。東漢許慎〈說文解字・敍〉:「蓋文字者，經藝之本，王政之始。前人所以垂後，後人所以識古。故曰:『本立而道生。』知天下之至嘖，而不可亂也。」〔註1〕這段話把文字的重要性詮釋得很精到。古人學習啟蒙必從小學始，能識字後才能得其書本之要旨。小至個人獨善其身，大至治國平天下，莫不以文字為藉而成全矣。

　　從文字發展的脈絡以觀，漢字是目前最長壽的文字，這些文字也記錄了文明，文明不斷地演進，文字就隨之變化。從甲骨文、金文、戰國文字到秦漢隸楷，文字的形體雖不斷地改變，但層層都有脈胳可尋，每個文字都有其生命成長的歷程。

　　時至今日，文字學界的發展進入另一個新的里程。這近幾十年來，地下出土了非常多的戰國竹簡，從這些戰國文字材料中發現為數不少的先秦古籍，讓學者大為驚嘆。這些屬戰國時期的出土材料中，以楚國文字材料最為豐富，茲舉最重要的幾批如下:

　　1942 年長沙古墓出土的楚帛書，為楚文字研究開啟了新頁。1987 年的湖北荊門包山楚簡、1992 年河南新蔡葛陵楚墓出土的「新蔡葛陵楚簡」，其數量之多令人振奮。1993 年湖北荊門郭店楚簡，內中包涵了大批的儒道文獻，學

〔註1〕〔漢〕許慎著，〔清〕段玉裁《說文解字注》，經韻樓藏版，黎明文化事業公司，
　　　1991 年 8 月，頁 771。

者極為驚艷。1994 年香港文物市場上出現了一批戰國楚簡，經過香港中文大學張光裕先生鑑定確為真品之後，上海博物館館長馬承源先生在 5 月間斥資購入，其後又陸續收購了兩批，一共約 1200 餘支簡，這即是近年陸續出版的《上海博物館藏戰國楚竹書》，尤堪稱二十世紀末戰國簡牘的重要發現。這批竹簡最長的有 57.1 厘米，最短的有 24.6 厘米，總字數約有 35,000 字。這些竹簡不論是數量還是在內容上的價值，都遠超過已往公開發表的戰國竹簡，其內容涉及 80 多部先秦典籍，涵括哲學、文學、歷史、宗教、軍事、教育、政論、音樂、文字學等，其中以儒家為主，兼及道家、兵家、陰陽家等，多數古籍為佚書，也有見於今本的，但又與今本有所不同。

李學勤先生在談到考古發現的簡帛書籍時，指出這些文獻對學術史研究有以下三點作用：

一、推翻流行的成說。晚清時期受疑古思潮的影響，古籍幾乎無不受到懷疑責難。新出土的簡帛書籍可以考古學方法確定時代的下限，結果證明不少過去以為必偽的書，確實不偽。

二、補充缺失的空白。例如《齊孫子》，本見於《漢志》，但三國時已不存在，差不多沒有佚文可供輯錄，如今在銀雀山簡中找到，就補充了兵家歷史的一個極關緊要的環節。

三、展示學術的原貌。中國古代學術文化本極繁盛昌明，唯因材料湮沒佚失，加之疑古過勇，致使變為蒼白空洞。現在大家不但看到許多前人未見的材料，而且由之證明大量傳世書籍真實不偽，就有可能復原當時學術的真相。〔註2〕

是故，這些出土材料讓我們看到二、三千年前古人親手書寫的文字，以及由這些文字所記載下來，最接近原貌的古代典籍。我們有責任在前賢的基礎上，藉著這些出土文獻的研究，進一步深化和豐富我們對中國古代傳統的認識。

第一節　研究動機與目的

筆者於 96 年考上師大研究所後，於碩一、碩二兩個學期修習了季旭昇老

〔註2〕李學勤：《李學勤文集‧考古新發現與中國學術史》，上海辭書出版社，2005 年 5 月，頁 33～34。

師的古文字學，見教於季師在課堂上精闢又專業的教授，始見古文字學的堂奧，不覺古文字之「古」，反見古文字之「新」，並且得以認識《上海博物館藏戰國楚竹書》的珍貴和價值。目前研究楚簡已成為當今學術界關注的焦點，除文字學家外，不少哲學、歷史、語言學、及文獻學的學者都熱烈鑽研這一個領域。楚文字的研究也帶動著整個文字學研究的發展，我有幸在這個時代，很想加入這一個研究的行列和團隊，期許自己為探究傳統國學盡一份心力。

　　2008 年底《上海博物館藏戰國楚竹書（七）》出版，筆者即以其中一篇〈武王踐阼〉著手進行研究。據原考釋者陳佩芬先生所述，簡本原無篇名，因其內容和今本《大戴禮記》〈武王踐阼〉篇相合，故以此為篇名。楚簡本的內容寫武王滅商之後，訪丹書於太公，太公告之以丹書。丹書的內容論及「敬」「義」的論點，原考釋者認為此應屬先秦儒家的觀點，從黃帝到武王，武王到孔子，有其一貫道統相承的脈胳。楚簡本和今本的內容有些許不同，出土的簡本是目前所能見到最早的版本，對校正傳世典籍的貢獻很大，故此篇彌足珍貴。馬承源先生說：

　　　本篇原無篇題，據其內容武王問於師尚父，師尚父告之以丹書，
　　武王鑄銘器以自戒之事，與《大戴禮記・武王踐阼》篇相合，故名。

　　　本篇是周武王伐商，敗紂於牧野，還歸於豐，踐天子之位後三
　　日，就召士大夫而問，何種行為可施萬世，而為子孫常守之道？諸
　　大夫皆未聞，然後武王又召師尚父而問之。以上內容本篇《武王踐
　　阼》（以下簡稱「竹書本」）皆缺失。接著武王問師尚父關於先王之
　　道，師尚父慎重地授以丹書，武王退而於其席之四端、機、鑑、盤、
　　楹、杖、帶、履屨、觴豆、戶、牖、劍、弓、矛等諸器莫不銘焉。
　　皆誠意、正心之事。

　　　王應麟《踐阼篇集解》記真氏曰：「武王之始克商也，訪《洪範》
　　於箕子。其始踐阼也，又訪丹書於太公，可謂急於問道者矣，而太
　　公望所告，不出敬與義之二言，蓋敬則萬善俱立，怠則萬善俱廢。
　　義則理為之主，欲則物為之主，吉凶存亡有所分，上古聖人已致謹
　　於此矣。武王聞之惕若戒懼，而銘之器物以自警焉，蓋恐斯須不存，
　　而怠與欲得乘其隙也。」至於義和敬，孔子論《易・坤》六二「直
　　方」云：「敬以直內，義以方外。」（《文言》）先儒釋之曰：「敬立而

內直，義形而外方，蓋敬則此心無私邪之累，內則所以直也；義則事事物物各當其分，外之所以方也。自黃帝而武王，武王而孔子，其皆一道與。」

本篇簡文首尾完整，自第一簡至第十簡、第十一簡至第十五簡，簡文均可連讀，唯第十簡與第十一簡之間有缺失。儘管竹書本中間部分有缺失，但它卻是迄今為止所發現的最早的《武王踐阼》本，它的出現為研究古代文獻提供了實物依）據，為《武王踐阼》篇補充了一些新的資料，同時又可糾正今本的一些舛誤，因此彌足珍貴。〔註3〕

根據復旦大學出土文獻與古文字研究中心讀書會（簡稱復旦讀書會）的考釋內容認為楚簡本和今本《大戴禮記‧武王踐阼》的內容近似，而且以「師尚父」和「太公望」為分篇的依據，分為甲乙本：

《上博七‧武王踐阼》一篇，整理者已經指出其內容又見於今本《大戴禮記‧武王踐阼》。簡文可分為兩部分，第1簡到第10簡為一部分，講師尚父以丹書之言告武王，武王因而作銘；這部分下有脫簡，並非全篇，其原貌當與今本《大戴禮記‧武王踐阼》全篇近似。第11簡到第15簡為另一部分，講太公望以丹書之言告武王，與《大戴禮記‧武王踐阼》前半段亦相近似，唯主名不同，也沒有武王作銘的記載。簡文這兩部分的抄寫風格不同，應為不同書手所抄，因此也可以視為甲乙本。〔註4〕

在楚簡本未公布之前，我們所能見到的今本《大戴禮記‧武王踐阼》篇流傳至今已二千多年，〔註5〕其間北周盧辯為其作注，距今也已約一千五百年了。〔註6〕所流傳下來的今本曾經過學者的質疑，其中諸多舛誤，但因沒有更新的材料出土，故姑存其舊。〔註7〕在 2008 年底得見楚簡本〈武王踐阼〉篇，此

〔註3〕馬承源主編：《上海博物館藏戰國楚竹書（七）》，上海古籍出版社，2008 年 12 月，頁 149。

〔註4〕劉嬌執筆，復旦大學出土文獻與古文字研究中心讀書會《〈上博七‧武王踐阼〉校讀》，http://www.guwenzi.com/SrcShow.asp?Src_ID=576，2008.12.30。

〔註5〕《大戴禮記》為西漢戴德所編，戴德是西漢元帝時人（元帝於公元前48～公元前33在位），生卒年不詳。

〔註6〕北周盧辯生卒年不詳，約北魏末迄北周（公元 557～581）初年人。

〔註7〕宋‧王應麟《踐阼篇集解》記朱氏曰：「此本《大戴禮》，然多闕衍舛誤，姑存其舊。」

篇以戰國時期的楚文字寫成,可以和今本內容對照,對研究戰國楚文字及《大戴禮記》者有莫大的幫助和影響。

楚簡本〈武王踐阼〉篇中的記載和今本相類,如「丹書」之言,有部分相同。再細究之下,仍有很多不同之處。再如武王作銘的器物和對照的銘文,和今本的出入頗大。這些讓楚簡本相形之下,顯得其重要性不可言喻。如今我們所能見到的匯注本都是立基於北周盧辯時期的舊識,即使在考據學甚盛的清朝時期,那些碩儒大家限於材料的限制,亦只能宥於所見,無法發揮更新的見解。故本論文研究的目的,即是站在這些前賢的基礎上,將所見楚簡的文字和內容作考釋和翻譯,並配合閱覽相關典籍,試圖梳理過去的闕疑,從中爬羅剔抉,將〈武王踐阼〉篇的內容還原至早期的面貌。本論文的寫作目的,雖只是作最初步的整理工作,但也希望因此拋磚引玉,期待對於其間的義理部分,以至相關的《禮記》或儒家經典的研究做奠基的貢獻。

第二節　研究方法與步驟

戰國時期正是周王朝式微,諸國各自為政的混亂時代,因國家分裂,造成各國文字異形、言語異聲,一直到秦朝統一六國後,才以小篆為統一的文字,民間則流行秦隸。〔註8〕秦始皇又採納李斯的建議,焚書禁書,這時大量的典籍都不復保存,即使漢惠帝時廢除了「挾書律」,但官府能搜求的、耆老能記憶口述的,其實非常有限。又因為六國文字各自形殊,文字偏旁異形,通假字頻繁,再加上不同的書手有自己的書寫風格,所以釋讀上很不容易。面對這些戰國典籍,要如何從這看似紛亂無序,實則暗藏規律的文字中一一整齊條理、抽絲剝繭,將更顯得研究的重要和價值。

文字學要先從考釋文字下手,如果對其中的古字不識,也難以了解古書的義理,所以文字考釋是文字學的重點。于省吾先生強調考釋古文字要注意「每一個字本身的形、音、義三方面的相互關係」,還要注意「每一個字和同時代其他字的橫向關係,以及字本身在不同階段字形演變的縱向關係」。〔註9〕因為漢

〔註8〕許慎《說文解字・敘》:「其後諸侯力政,不統於王,惡禮樂之害己,而皆去其典籍。分為七國,田疇異畝、車涂異軌、律令異法、衣冠異制、言語異聲、文字異形。秦始皇帝初兼天下,丞相李斯乃奏同之,罷其不與秦文同者。斯作倉頡篇、中車府令趙高作爰歷篇、太史令胡毋敬作博學篇,皆取史籀大篆,或頗省改,所謂小篆也。」

〔註9〕于省吾:《甲骨文字釋林》序,台北:大通出版,1981 年 10 月,頁 3。

字有幾千年的歷史，字形、字音、和字義都已有很大的改變，所以要了解二千多年前的楚簡，務必先從對楚文字的辨識開始。

在字形考釋方面，不少學者提出他們的經驗，如唐蘭先生在《古文字學導論》中提出四條項目：對照法、推勘法、偏旁分析法、歷史考證法。〔註10〕楊樹達先生將考釋文字的方法歸為十四個項目：據說文釋字、據甲文釋字、據甲文定偏旁釋字、據銘文釋字、據形體釋字、據文義釋字、據古禮俗釋字、義近形旁任作、音近聲旁任作、古文形繁、古文形簡、古文象形會意字加聲旁、古文位置與篆書不同、二字形近混用。〔註11〕高明先生綜合以上幾種考釋方法為四種：因襲比較法、辭例推勘法、偏旁分析法、據禮俗制度釋字。〔註12〕本論文對字形考釋的方法不外除了以上幾種，再加上季師旭昇指導的「集體歸納法」。〔註13〕

在字音方面，因為古人行文受限於傳播條件的限制，所以同音假借的情形是常態，這時對於上古音韻的了解，可以幫助我們讀通古籍。尤其本論文在研究「丹書」和「銘文」的部分，都發現其各有明顯的押韻結構，故筆者會參考郭錫良先生《漢字古音手冊》、王力《王力古漢語字典》、陳新雄先生的《古音學發微》、《古音研究》，探討文字的音韻關係，以期對文字的釋讀和意義做正確的判斷。

在字義方面，漢字已有好幾千年的歷史，文字的涵義會隨著時間和社會的發展而孳乳或消失。所以要透過文字訓詁的方式，考釋其本義或是當時的字義，以期對古籍文義的了解。本論文對難釋字詞，會先考查《說文解字》，或相關的字書、韻書，並且參考歷代文獻故訓，或和今本對讀比勘，以期對簡本的字義和文義做合理的闡釋。

本論文的研究步驟：筆者在以《上海博物館藏戰國楚竹書（七）》第一篇〈武王踐阼〉為研究對象後，以上海博物館在 2008 年底出版的圖版及整理者陳佩芬先生的說明和釋文為主，著手進行整理和考釋。當圖版出版後，各方學者專家也開始針對整理者的釋文發表自己的看法，無論在字形、字音、字義上，或是版本、書手風格等都有熱烈的討論。筆者第一步先作集釋的工作，

〔註10〕唐蘭：《古文字學導論》，學海出版社，1986 年 8 月，頁 163。
〔註11〕楊樹達：《積微居金文說》，中華書局，2004 年，頁 1～15。
〔註12〕高明：《中國古文字學通論》，北京大學出版，2008 年 6 月，頁 168～172。
〔註13〕季旭昇師：〈談古文字考釋的「集體歸納法」〉，台北：學生書局，2008 年 10 月。

將這些資料逐一收集網羅，將其討論的內容一一分類、整理歸納，做為進一步考釋的參考材料。第二步考釋文字。考釋方法如上所述高明先生歸納之四種，並整合運用季師旭昇所指導之古文字考釋的方法——「集體歸納法」著手進行考釋。其間筆者先消化這些材料，對各學者的意見進行驗證，將不合理的看法去除，或是再加強更多的證據，使正確的考釋結果更趨完善。對於學者們沒有考釋到而筆者認為有考釋之必要的部分，便會進行字形上追本溯源，羅列相關的甲骨、金文、戰國文字等作比對，盡力作到合理的隸定。

在考釋文字方面，由於戰國楚文字因時代、地域、書手的不同而造成筆畫多變、結構詭異，音讀通假，故異體多而難以辯識。遇到疑難字時，基本上以因襲比較法和偏旁分析法綜合比較，從甲骨、金文、和戰國文字中相關的字形找出其特點，待字形的考釋隸定後，還要審其音韻，聲紐是否相同或相近，韻部是否相同或相通，之後再輔以傳世文獻的旁證，擴而推究字句義理之通順。本論文雖有傳世本可資對照，在字形句義的考釋上得到不少方便，但同時也可能是一種限制，因為今本《大戴禮記・武王踐阼》的訛誤不少，是故筆者以為楚簡本的字形考釋相對重要，由形而得音，再以音而得義，不能宥於今本的舛誤，歷來有所疑慮之處要更小心求證，儘量讓楚簡還原早期的面貌，做出合理的釋讀。

第三節　〈武王踐阼〉竹簡形制

根據楚簡本〈武王踐阼〉的整理者的說明，本篇簡文首尾完整，自第一簡至第十簡、第十一簡至第十五簡，簡文均可連讀，唯第十簡與第十一簡之間有缺失。各簡字數二十八字至三十八字不等，總存四百九十一字，其中重文八字。為了方便讀者對照查索參考，茲將簡本〈武王踐阼〉十五支簡的縮小圖版附於本節文後。此篇竹簡的形制如下：

> 本篇存十五簡，竹簡設上、中、下三道編繩，契口淺斜，位於竹簡右側。簡長四十一・六至四十三點七釐米不等，各簡自上契口以上皆殘，中契口距頂端為十八・一至二十・三釐米，中契口與下契口間距為二十・四至二十一・三釐米，下契口至尾端為二・五至二・七釐米。各簡字數二十八字至三十八字不等，總存四百九十一字，其中重文八字，單面書寫，皆書於竹黃，字體工整，字距稍寬。

篇末有墨鉤，以示本文結束。〔註14〕

第一簡

本簡上端殘，下端平頭。長四十二‧三釐米，中契口距頂端為十九‧二釐米，中契口與下契口間距為二十‧四釐米，下契口距尾端為二‧七釐米。存三十二字。

第二簡

本簡上端殘，下端平頭。長四十二‧四釐米，中契口距頂端為十九‧二釐米，中契口與下契口間距為二十‧五釐米，下契口距尾端為二‧七釐米。存三十三字。

第三簡

本簡上端殘，平端平頭。長四十二‧六釐米，中契口距頂端十九‧一釐米，中契口與下契口間距為二十‧八釐米，契口距尾端為二‧七，釐米。存三十四字。

第四簡

本簡上端殘，下端平頭。長四十三‧七釐米，中契口距頂端為二十釐米，中契口與下契口間距為二十一釐米，下契口距尾端為二‧七釐米。存三十字。

第五簡

本簡上端殘，下端平頭。長四十二‧四釐米，中契口距頂端為十八‧九釐米，中契口與下契口間距為二十‧八釐米，下契口距尾端為二‧七釐米。存三十三字。

第六簡

本簡上端，下端平頭。長四十二‧三釐米，中契口頂端為十八‧七釐米，中契口與下契口間距為二十‧九釐米，下契口距尾端為二‧七釐米。存三十五字。

第七簡

本簡上端殘，下端平頭。長四十二‧九釐米，中契口距頂端十九‧三釐米，中契口與下契口間距為二十‧九釐米，下契口距尾端

〔註14〕馬承源主編：《上海博物館藏戰國楚竹書（七）》，上海古籍出版社，2008 年 12 月，頁 149。以下每一簡的形制介紹來源，頁 151～163。

為二・七釐米。存三十四字，其中重文二。

第八簡

　　本簡上端殘，下端平頭。長四十一・六釐米，中契口距頂端為十八・一釐米，中契口與下契口間距為二十・九釐米，下契口距尾端為二・六釐米。存三十四字，其中重文三。

第九簡

　　本簡上端殘，下端平頭。長四十二・三釐米，中契口距頂端為十八・四釐米，中契口與下契口間距為二十一・三釐米，下契口距尾端為二・六釐米。存三十一字，其中重文二。

第十簡

　　本簡上端殘，下端平頭。長四十二・四釐米，中契口距頂端為十八・九釐米，中契口與下契口間距為二十・九釐米，下契口距尾端為二・六釐米。存二十八字。

第十一簡

　　本簡上端殘，下端平頭。長四十二・八釐米，中契口距頂端十九・六釐米，中契口與下契口間距為二十・七釐米，下契口距尾端為二・五釐米。存三十八字。

第十二簡

　　本簡上端殘，下端平頭。長四十二・九釐米，中契口距頂端為十九・六釐米，中契口與下契口間距為二十・七釐米，下契口距尾端為二・六釐米。存三十六字。

第十三簡

　　本簡上端殘，下端平頭。長四十二・八釐米，中契口距頂端為十九・六釐米，中契口與下契口間距為二十・七釐米，下契口距尾端為二・五釐米。存三十二字。

第十四簡

　　本簡上端殘，下端平頭。長四十二・九釐米，中契口距頂端為十九・七釐米，中契口與下契口間距為二十・七釐米，下契口距端為二・五釐米。存三十二字。

第十五簡

　　本簡上端殘，下端平頭。長四十三釐米，中契口距頂端為十九‧

八釐米，中契口與下契口間距為二十‧七釐米，下契口距尾端為二‧

五釐米。存二十九字，其中重文一。

秋貞案：

　　楚簡本〈武王踐阼〉篇的竹簡保存狀況尚佳，只有上端部分殘損，下端都
很完整，還留有一小段空白處。中間和下緣部分尚有編繩的痕跡。從上契口以
上所殘的部分使得每一簡可能少掉一、兩個字。據原考釋者所述，第四簡的長
度 43.7 釐米最長，上端第一字殘損；第八簡的長度 42 釐米最短，據筆者考釋
結果上端缺一字。再根據筆者考釋的結果，第十一簡是較為完整而沒有缺字的
一簡，第十二簡上端缺一字「鹽」，而且從圖版上可顯見比簡十一為短，但是
原考釋者卻將第十二簡的長度略長於第十一簡 0.1 釐米。對此不合理之處，日
人福田哲之所提及，筆者在第二章第三節簡文考釋中有討論。

　　簡本〈武王踐阼〉當時出土的第一手資料，目前沒有很具體清楚的文獻可
以參考，所以不能確識殘損的原因，照理說在第十簡之後應該還有其他的竹
簡存在，才能將甲本的文義完足。但目前為止，我們只能期待更多的材料土
出，或是有更明確的資料供出，使竹簡本〈武王踐阼〉篇完整呈現在世人的
眼前。

〈武王踐阼〉第一～十五簡圖版（由右至左）

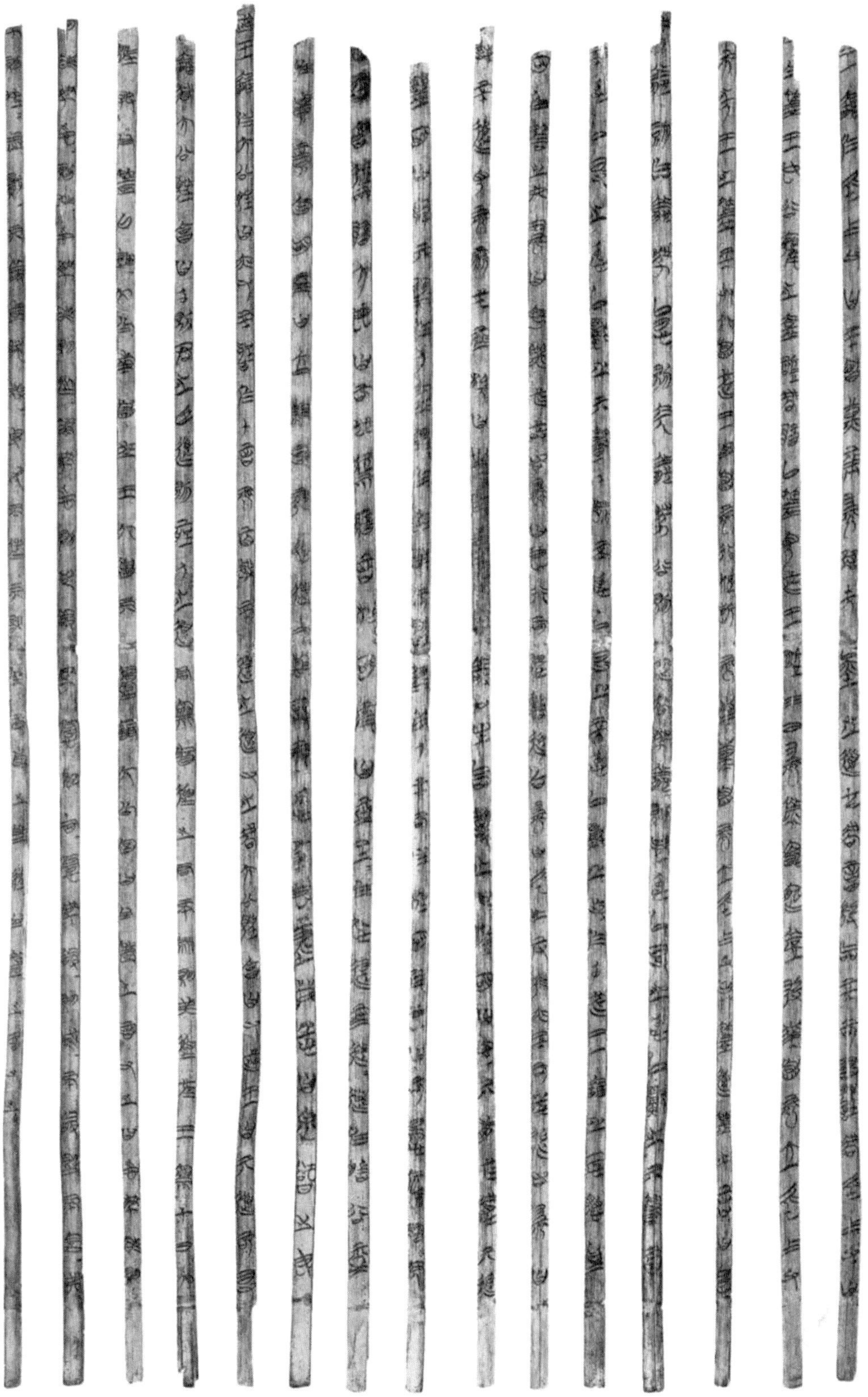

第四節 〈武王踐阼〉的其他研究

從最早時期，廖名春先生 1999 年所見上海博物館書法館展覽的 10 支楚簡中，對〈武王踐阼〉篇的兩支竹簡發表的論文開始，到 2008 年底《上海博物館藏戰國楚竹書（七）》出版之後，至 2010 年底，有關學者們對楚簡〈武王踐阼〉的討論文章有 62 篇，筆者以其發表時間為順序，表列如下：

序號	作者	篇名內容	內　容	出處、發表日期
1	廖名春	上海博物館藏‧楚簡《武王踐阼》篇管窺	試對〈武王踐阼〉的前兩支簡作一蠡測。先釋文，再和今本異文比較，並推測〈武王踐阼〉的成篇年代。	本篇刊於《中國出土資料研究》第 4 號，收入作者文集《新出楚簡試論》，臺灣古籍出版有限公司，2001 年。
2	何有祖	上博簡《武王踐阼》初讀	根據廖名春先生的〈管窺〉篇提出看法。認為〈武王踐阼〉是由一組箴銘整合而成，其目的在於勸誡世人，其成篇年代大致在春秋中葉之後，戰國中期後段之前。	http://www.bsm.org.cn/show_article.php?id=756 2007.12.04
3	復旦讀書會	《上博七‧武王踐阼》校讀	認為簡 1 到簡 10 和簡 11 到簡 15 是為兩個書手所寫，分為甲、乙本。並重新隸定釋文。	http://www.gwz.fudan.edu.cn/SrcShow.asp?Src_ID=576 2008.12.30
4	何有祖	釋「當楣」	釋![字]字為「楣」，指房屋的次梁。降，當楣而立。	http://www.bsm.org.cn/show_article.php?id=915, 2008.12.30
5	李銳	《武王踐阼》研讀	1. 確定「![字]」字上部從「尚」聲，但此字釋為何字尚待考。 2. 推測可能有留白簡與非留白簡之別。 3. 從文脈來看，傳本〈武王踐祚〉並不比簡本差。但是二者之優劣以及早晚，則尚不好判斷，因為二者可能同源。	http://www.confucius2000.com/admin/list.asp?id=3861 2008.12.31
6	陳偉	讀《武王踐阼》小札	1. 釋「微喪」為「微茫」，隱約暗昧之意。 2. 釋 7 號簡「口諜不遠，視而所代」。 3. 釋「外」為「間」，士難得而易間也。	http://www.bsm.org.cn/show_article.php?id=916 2008.12.31

7	程燕	上博七讀後記	釋「」此字可能從「宀」,「北」聲,隸作「㞎」,讀作「側」。	http://www.gwz.fu dan.edu.cn/SrcSho w.asp?Src_ID=586 2008.12.31
8	蘇建洲	《上博七·武王踐阼》簡6「㿫」字說	釋「」,隸定作「㿫」讀為「側」。	http://www.gwz.fu dan.edu.cn/SrcSho w.asp?Src_ID=579 2008.12.31
9	季旭昇	上博七芻議	簡7應該隸為「機」。但、二字待考。	http://www.gwz.fu dan.edu.cn/SrcSho w.asp?Src_ID=588 2009.01.01
10	劉信芳	竹書《武王踐阼》「反昃」試說	釋「」,應釋為「昃」,讀為「側」。	http://www.gwz.fu dan.edu.cn/SrcSho w.asp?Src_ID=589 2009.01.01
11	劉洪濤	談上博竹書《武王踐祚》的器名「枳」	認為「枳」為「卮」,半球狀類似瓢的酒器。即禮器「敧器」。	http://www.bsm.or g.cn/show_article.p hp?id=926 2009.01.01
12	何有祖	上博七《武王踐阼》「盥」字補釋	釋簡文當隸定為「安（從金從皿）」,仍讀作「盥」。	http://www.bsm.or g.cn/show_article.p hp?id=935 2009.01.02
13	小龍	也說「幾」、「散」	應將、字釋為「散」字,而且認為將其讀為豈、階。	http://www.gwz.fu dan.edu.cn/SrcSho w.asp?Src_ID=593 2009.01.02
14	沈培	《上博（七）》殘字辨識兩則	釋為「昌」。	http://www.gwz.fu dan.edu.cn/SrcSho w.asp?Src_ID=598 2009.01.02
15	林文華	《上博七·武王踐阼》「民之反俛（覆）」解	釋「」為「覆」,「反覆」猶言「反側」,乃反覆無常之意。	http://www.bsm.or g.cn/show_article.p hp?id=933 2009.01.02
16	郝士宏	讀《武王踐阼》小記一則	釋簡3為「傳」。「傳述丹書之言」。	http://www.gwz.fu dan.edu.cn/SrcSho w.asp?Src_ID=596 2009.01.02
17	程燕	上博七《武王踐阼》考釋二則	1. 釋簡8為「深」。 2. 釋簡4可分析為從「宀」、「瞿」聲,疑讀作「眮」。	http://www.gwz.fu dan.edu.cn/SrcSho w.asp?Src_ID=607 2009.01.03

18	劉洪濤	談上博竹書《武王踐阼》的機銘	認為「機」應為弩機的機，讀如本字。	http://www.gwz.fu dan.edu.cn/SrcSho w.asp?Src_ID=601 2009.01.03
19	侯乃峰	《上博七‧武王踐阼》小箚三則	1. 簡 2 和簡 12 的「祈」讀為「齋」。 2. 簡 2 的「」讀為「降」。 3. 釋「」即相當於《說文》之「仄」字，「側傾」（所謂變體會意）。	http://www.gwz.fu dan.edu.cn/SrcSho w.asp?Src_ID=600 2009.01.03
20	何有祖	《武王踐阼》小札	1. 釋簡 4「」其一是認為橫筆是衍筆，作「兇」的訛字處理；另一可以分析為從凶從心，讀作「兇」。 2. 釋「為機」為「扉几」設在西北屋角隱蔽之處。 3. 簡 10「」從上下文意看，這裏疑當讀作「間」。	http://www.bsm.or g.cn/show_article.p hp?id=945 2009.01.04
21	陳偉	《武王踐阼》「應曰」試說	簡 8「桯銘」之後、簡 9「枳銘」之後和簡 10「卣銘」之後的字，此字釋「雁」不誤，在本篇竹書中恐當讀為「應」。	http://www.bsm.or g.cn/show_article.p hp?id=947 2009.01.04
22	劉洪濤	《民之父母》、《武王踐阼》合編一卷說	從形制、書體以及保存狀態基本一致，原來可能是合編為一卷的。	http://www.gwz.fu dan.edu.cn/SrcSho w.asp?Src_ID=614 2009.01.05
23	張崇禮	釋《武王踐阼》的「矩折」	釋簡 3「」為「矩」。	http://www.gwz.fu dan.edu.cn/SrcSho w.asp?Src_ID=620 2009.01.05
24	張振謙	《上博七‧武王踐阼》箚記四則	1. 釋「」為「昃」。 2. 釋「」、「」為「齋」。 3. 釋簡 9「祟」為「禍」。 4. 釋簡 8「」為「盤」。	http://www.gwz.fu dan.edu.cn/SrcSho w.asp?Src_ID=61 2009.01.05
25	胡長春	釋《上博七‧武王踐阼》簡 6 之「作」字	釋「」為「作」，「作」通「側」。	http://www.gwz.fu dan.edu.cn/SrcSho w.asp?Src_ID=621 2009.01.05

26	劉剛	讀簡雜記《上博七》	簡 7「為機」按，釋「為」非是。字當釋「掤」。掤机讀為憑几。机通几。	http://www.gwz.fudan.edu.cn/SrcShow.asp?Src_ID=624 2009.01.05
27	蘇建洲	《武王踐祚》簡4「恩」字說	簡4「」是「恩」字，可以讀為「兇」。	http://www.gwz.fudan.edu.cn/SrcShow.asp?Src_ID=623 2009.01.05
28	劉洪濤	《民之父母》、《武王踐阼》合編一卷說	兩篇竹書《民之父母》與《武王踐阼》，分別見於今傳《禮記·孔子閒居》和《大戴禮記·武王踐阼》，這兩篇竹書的形制、書體以及保存狀態基本一致，原來可能是合編為一卷的。	http://www.gwz.fudan.edu.cn/SrcShow.asp?Src_ID=614 2009.01.05
29	程燕	《武王踐阼》「戶机」考	釋簡7「」為「戶」，如門戶之樞機。	http://www.gwz.fudan.edu.cn/SrcShow.asp?Src_ID=632 2009.01.06
30	郝士宏	再讀《武王踐阼》小記二則	「旬」字當讀為「怠」而不同意將「旬」字解釋為「听」之誤寫。	http://www.gwz.fudan.edu.cn/SrcShow.asp?Src_ID=630 2009.01.06
31	孫飛燕	讀《上博七》箚記二則	「義勝谷（欲）則近〈從〉」，此處當系「從」之誤字，因字形相似而誤作「近」。簡13～14「志勝欲則昌，欲勝志則喪」，「昌」和「喪」對讀。	http://www.confucius2000.com/admin/list.asp?id=3889 2009.01.08
32	陳志向	《上博（七）·武王踐阼》韻讀	此文試圖梳理《武王踐阼》篇中的有韻之文。	http://www.gwz.fudan.edu.cn/SrcShow.asp?Src_ID=638 2009.01.08
33	劉秋瑞	再論《武王踐阼》是兩個版本	同意復旦讀書會所言:第1簡到第10簡為一部分，第11簡到第15簡為另一部分，這兩部分抄寫風格不同，應為不同抄手所抄，因此也可以視為甲乙本。再加上傳世本，故有三個版本。	http://www.gwz.fudan.edu.cn/SrcShow.asp?Src_ID=639 2009.01.08
34	高佑仁	釋《武王踐阼》簡的「其道可得而聞乎」	簡11～12「武王曰:『其道可得聞乎?』」，「」可釋為「以」，也可為「而」。	http://www.bsm.org.cn/show_article.php?id=969 2009.01.13
35	高佑仁	也談《武王踐阼》簡1之「微喪」	簡1「敓」字作「」釋「幾」，「」釋「亡」。「微亡」指的是古代聖賢之道德言論「式微散亡」而不可考。	http://www.gwz.fudan.edu.cn/SrcShow.asp?Src_ID=652 2009.01.13

36	禤健聰	上博（七）零箚三則	簡 15「百姓之為緒」即百官各安其次序，緒不亂則順，可與前一句的「順成」對應。	http://www.bsm.org.cn/show_article.php?id=970 2009.01.14
37	楊澤生	《上博七》補說	簡 15「」應該隸作「迻」，讀作耗。釋「」為「經」，「養百姓之經紀」之意。	http://www.gwz.fudan.edu.cn/SrcShow.asp?Src_ID=656 2009.01.14
38	劉雲	說上博簡中的從「屯」之字	1. 簡 2 中也有一個從「毛」字，「屯」與「冕」聲音相同或相近。 2. 簡 3 為「磬」。	http://www.gwz.fudan.edu.cn/SrcShow.asp?Src_ID=618 2009.01.15
39	趙平安	《武王踐阼》「曼」字補说	釋為「曼」字確應如整理者讀為「冕」。曼、冕上古聲母韻部相同，讀音很近。	http://www.gwz.fudan.edu.cn/SrcShow.asp?Src_ID=658 2009.01.15
40	侯乃峰	上博（七）字詞雜記六則	1. 釋為「頤」。 2. 釋為「諫」是很有道理的。此字讀為「監/鑒」。	http://www.gwz.fudan.edu.cn/SrcShow.asp?Src_ID=665 2009.01.16
41	劉信芳	《上博藏（七）》試說（之三）	簡 2「敊（豈）南面而立」，「敊」釋為「豈」讀為「幾」，簡文的大意是，武王逾堂，欲南面而立，因師尚父云云，遂改為東面。	http://www.gwz.fudan.edu.cn/SrcShow.asp?Src_ID=669 2009.01.18
42	熊立章	《上博七‧武王踐阼》引諺入銘與《烝民》引言入詩合論	從《武王踐阼》引諺入銘的事實來看，上博本中的「雁」字讀為「諺」。可見語諺可側於正雅，可入於器銘，可登於君臣之議，可用於孔門授受，直至今日亦猶足為戒。	http://www.bsm.org.cn/show_article.php?id=984 2009.01.29
43	劉洪濤	用簡本校讀傳本《武王踐阼》	簡本是出土文獻，不僅時代早，而且訛誤少，對校正傳本的訛誤和判斷諸家的得失具有十分重要的作用。此文的寫作目的正在於此。	http://www.bsm.org.cn/show_article.php?id=997 2009.03.03
44	蘇建洲	說《武王踐阼》簡3「曲(从木)」字	釋為「柚」，可以讀為「矩」。	http://www.bsm.org.cn/show_article.php?id=100 2009.03.11
45	劉洪濤	上博竹書《武王踐阼》所謂「卣」字應釋為「戶」	釋簡 10為「戶」。	http://www.bsm.org.cn/show_article.php?id=1003 2009.03.14

46	劉雲	上博七詞義五札	1. 簡 8〜9 的「禍將言」的「言」為「延」。 2. 釋簡 9〜10 的「枳」為「枝（策）」替換，再訛變為意義上有密切關系而且更為常用的「杖」。當然也可能「枳（策）」直接被同義詞「杖」替換。	http://www.bsm.org.cn/show_article.php?id=1004 2009.03.17
47	小龍	論《武王踐阼》之「柴」應為「示柴」	簡 8〜9 的 三字釋為「其禍」的合文。	http://www.gwz.fudan.edu.cn/SrcShow.asp?Src_ID=727 2009.03.19
48	福田哲之	《上博七·武王踐阼》簡 6、簡 8 簡首缺字說	簡 6 簡首缺「書」字可能性較高。簡 8 簡首缺「盟」。	http://www.bsm.org.cn/show_article.php?id=1007 2009.03.24
49	許文獻	上博七釋字札記——《武王踐祚》「樞」字試釋	簡 3 為「樞」字異構。以示為時稍久之意。	http://www.bsm.org.cn/show_article.php?id=1008 2009.03.28
50	許文獻	上博七《武王踐阼》校讀札記二則	1. 簡 3 、簡 4 、簡 7 與簡 14 釋為「詞」。 2. 簡 8 、簡 9 與簡 10 釋「雁」字，惟讀為「言」者，似猶義勝於「讞」。	http://www.gwz.fudan.edu.cn/SrcShow.asp?Src_ID=737 2009.03.30
51	許文獻	上博七「沱」字與《詩經》「江有汜」篇詁訓試說	釋簡 8 為「沱」。指水匯急流之意也。	http://www.bsm.org.cn/show_article.php?id=1011 2009.04.04
52	劉洪濤	釋上博竹書《武王踐阼》的「齋」字	簡 2 和簡 12 的五個「齋」字，分為三類： 一 A 、B 二 C 、D 三 E C、D、E 是同一個字的異體，用作齋戒之「齋」。	http://www.gwz.fudan.edu.cn/SrcShow.asp?Src_ID=744 2009.04.05
53	周宏偉	也說上博七「沱」字之義	釋簡 8 為「池」。	http://www.bsm.org.cn/show_article.php?id=1023 2009.04.14

54	李松儒	上博七《武王踐阼》的抄寫特徵及文本構成	1.《武王踐阼》可以分為三種字跡：（1）《武王踐阼》簡1～9、簡10（16～25字）、簡11、簡12（1～19字）是一種字跡，我們稱之為字跡A，此處定為抄手甲所抄。（2）《武王踐阼》簡12（20字～簡末）、簡13～15是另一種字跡，我們稱之為字跡B，此處定為抄手乙所抄。（3）簡10的最末的3個字「知之毋」為第三種字跡，我們稱之為字跡C。2. 抄手甲由於某種原因沒有把抄寫別本《武王踐阼》異文的工作做完，他只抄寫了II部分的簡11及簡12的前半部分。剩下的抄寫工作（也就是II部分除「簡11及簡12的前半部分」之外的其餘部分）由抄手乙接替完成。當抄手乙抄完II部分後，人們再把I部分和II部分合編在一起。	http://www.gwz.fudan.edu.cn/SrcShow.asp?Src_ID=789 2009.05.18
55	劉洪濤	試說《武王踐阼》的機銘（修訂）	表示憑几或几案的「几」、「机」不能寫作「機」，而表示弩機及其引申義時機、關鍵等的「機」也不能寫作「机」或「几」，它們的區分很嚴格，不能通用。「機」為弩機之「機」。	http://www.bsm.org.cn/show_article.php?id=1068 2009.06.07
56	宋華強	《武王踐阼》「祈」及從「祈」之字試解	釋 、 為「禋」。	http://www.bsm.org.cn/show_article.php?id=1104 2009.06.27
57	宋華強	《武王踐阼》「微忽」試解	釋簡1簡文云「微忽不可得而睹乎」。或雖存而微忽難睹乎，其辭氣似較「喪」、「沒」更為順適。	http://www.bsm.org.cn/show_article.php?id=1109 2009.07.07
58	草野友子	關於上博楚簡《武王踐阼》中誤寫的可能性	〈武王踐阼〉中「義」、「敬」和「志」、「忘」的兩例有誤寫的可能。	http://www.gwz.fudan.edu.cn/SrcShow.asp?Src_ID=915 2009.09.22
59	楊宋鋒	《上博七・武王踐阼》殘字考釋一則	簡7的 文首殘字當釋為「前」，讀如字。即「前鑒」應為商滅亡之鑒戒。	http://www.gwz.fudan.edu.cn/SrcShow.asp?Src_ID=922 2009.09.26

60	林清源	上博簡《武王踐阼》「幾」、「微」二字考辨	簡 1 的「意幾」二字，應讀作「抑豈」，當作並列疑問句的連詞使用。簡 2 的「堂歔」二字，若是單純就文字訓詁角度考慮，則以讀為「堂階」最為允當。	http://www.bsm.org.cn/show_article.php?id=1155 2009.10.13
61	楊華	上博簡《武王踐阼》集釋（下）	1. 在戰國時期，武王作銘的事是一個儒家公案。 2. 以竹簡甲乙本和鄭注本和孔疏本對勘。 3.〈武王踐阼〉和〈民之父母〉是合編，但後代的大小戴是分開的，這可以研究戰國時期禮書的「增廣擴充」的情形。	井岡山大學學報第 31 卷第 2 期 2010 年 3 月
62	子居	也說上博七《武王踐阼》之「機」與「枳」	1. 釋「為機」的「機」和「机」可通。反駁劉洪濤之說，相信「几為懈怠憑依之器，故作此銘以戒之」。 2. 將「枳」銘釋為「杖」銘。	http://www.confucius2000.com/admin/list.asp?id=4584 2010.09.30

第二章 〈武王踐阼〉簡文考釋

　　上博簡〈武王踐阼〉篇原考釋者的考釋由一到十五簡聯貫，基本上認為本簡沒有簡序錯亂的問題。在文義上，簡 1 到簡 10、簡 11 到簡 15 可連讀。〔註1〕復旦讀書會則認為簡 1 到簡 10、簡 11 到簡 15 的簡文抄寫風格和主名不同，應為不同書手所抄，因此將其視為甲乙本。甲本有十簡，乙本有五簡。簡本的編聯如原考釋者沒有更動。甲、乙本敘述同一事件，但是內容有別。〔註2〕

　　本章的簡文考釋，以原考釋者陳佩芬（以下簡稱「原考釋」）的考釋成果為主要討論的對象，另輔以復旦大學「出土文獻與古文字研究中心研究生讀書會」（以下簡稱「讀書會」）的考釋成果、以及各位前輩學者的考釋意見等，加以分析並綜合，間或提出個人的看法。為了方便讀者明白識閱，本論文採讀書會的意見，將分為甲乙本進行考釋。首先由甲本開始，甲本分為三小節，乙本分為兩小節，每小節分三部分：第一「釋文」，釋文的部分以筆者考釋的成果列出隸定文字；第二「簡文大要」，為此段簡文作大意的說明；第三「簡文考釋」，此部分先以分句的形式，將一整段簡文分為數句，再以分句中的字詞作「字詞考釋」，待將有必要討論的字詞一一考釋完畢之後，最後再作「整句釋

〔註1〕馬承源主編：《上海博物館藏戰國楚竹書（七）》，上海古籍出版社，2008 年 12 月，頁 149。

〔註2〕劉嬌執筆，復旦大學出土文獻與古文字研究中心讀書會《〈上博七‧武王踐阼〉校讀》，http://www.guwenzi.com/SrcShow.asp?Src_ID=576，2008.12.30。

義」，力求字形、字音、字義的正確隸定，和整段文義的通順與取得整體的概念。

　　本論文中稱「簡本」的部分以原考釋的釋文為基礎；稱「今本」的部分會參考高明《大戴禮記今註今譯》、黃懷信主編的《大戴禮記彙校集注》、方向東《大戴禮記匯校集解》及《上博七》附錄的「文淵閣四庫全書《大戴禮記·武王踐阼》」四種版本的釋文為主。在進行簡文考釋時會參以各家學者前輩的意見，引用各學者的意見均會註明出處，有些較長的引文會分段處理，因為仍屬同一出處，故會直接在篇題旁加註，而不另外在引文上一一註出。本論文所引《說文》的部分以宋徐鉉校訂《說文解字》為主，此為 2007 年 4 月於中華書局出版；間或以段注《說文解字注》為輔，為經韻樓藏版，黎明文化出版，1991 年 8 月出版，嗣後不另外加註。

　　〈武王踐阼〉篇簡文考釋部分共分五節，甲本分三節，乙本分為二節。筆者茲分列標題以利便於分析和讓讀者明白，其標題、內容如下：

　　（甲本）

　　第一節〈武王問道〉：王翻於帀上父曰～東面而立。

　　第二節〈帀上父告之以丹書〉：帀上父奉箸，道箸之言曰～不㥹呂尋之，不㥹呂獸之，及於身。

　　第三節〈武王鑄銘器以自戒〉：武王翻之悉覼～毋董弗志，曰余鄦之，毋……。

　　（乙本）

　　第四節〈武王問道於太公望〉：武王翻於大公覓曰～君不祈，則弗道。

　　第五節〈太公告以丹書之言〉：武王齋七日～丹箸之言又之。

第一節　甲本「武王問道」

一、釋　文

　　武王翻（問）於帀（師）上（尚）父，曰：「不智（知）黃帝、耑（顓）珨（頊）、堯、坴（舜）之道才（在、存）唐（乎）？音（意）敚（幾）喪不可尋（得）而註（睹）唐（乎）？」帀（師）上（尚）父曰：

【1】「才（在）丹箸（書）。王女（如）谷（欲）竉（觀）之，盍嚭（祈）虗（乎）？牆（將）吕（以）箸（書）見。」武王嚭（祈）三日，耑（端）備（服）、覓（冕），坴（踚）堂（堂）敓（階），南面而立。帀（師）上（尚）父【2】曰：「夫先王之箸（書）不㠯（與）北面。」武王西面而行，柚（曲）折而南，東面而立。

二、簡文大要

武王問師尚父有關先王之道，師尚父要武王先齋戒之後，再慎重地以丹書授之。

三、簡文考釋

（一）王〔1〕廟〔2〕於帀上父〔3〕曰

1. 字詞考釋

〔1〕王

根據原考釋者認為第一字之前要補上「武」字。起首為「武王」，即周武王：

> 本簡上端殘損，缺一字，按文意補「武」字。「武王」西周國君，周武王，姬姓，名發，文王之子，嗣為西伯。遵文王滅商遺志，盟諸侯於孟津，與師伐紂，牧野之戰火勝，滅商，建立周王朝，都鎬。以子月為歲首，分封天下諸侯。滅商後二年而死，在位十九年。〔註3〕

讀書會釋為「武王問帀上父曰」。〔註4〕

秋貞案：

以簡1的長度為42.3釐米，簡4的長度為43.7釐米，簡4上端確有一殘字「　」，故簡1上有一缺字是合理的推斷。再根據簡2有「武王祈三日」一句，足見在簡1的缺字應是「武」字無誤，故應補上「武」字，原考釋可從。

〔註3〕馬承源主編《上海博物館藏戰國楚竹書（七）》，上海：上海古籍出版社，2008年12月，頁151。下文所引原考釋者的意見皆出此書，不再另注。

〔註4〕劉嬌執筆《〈上博七·武王踐阼〉校讀》，復旦大學出土文獻與古文字研究中心研究生讀書會，復旦首發 http://www.gwz.fudan.edu.cn/SrcShow.asp?Src_ID=576，2008.12.30。下文所引復旦讀書會的意見皆出此處，不再另注。

讀書會雖同意於簡首加一「武」字，但是此句在「問」字之後少了一個「於」字，見楚簡本上確有「於」字，故似應補上。

〔2〕䎽

簡本上的字形為「▨」，原考釋者隸為「䎽」，讀為「問」。

廖名春也認為此字習見金文、包山楚簡和天星觀楚簡，當為「問」：

「䎽」，今本《大戴禮記·武王踐阼》篇作「問」。「䎽」字上海博物館書法館的釋文上加上「宀」，乃沿襲《包山楚簡》釋文之誤。「䎽」為「聞」之古文。《說文·耳部》：「聞，知聞也。从耳，門聲。䎽，古文从昏。」朱駿聲曰：「聞，從耳，門聲。古文從昏聲。」此字習見金文、包山楚簡和天星觀楚簡。郭店楚簡 6 見：分別見於《老子》丙組、《緇衣》、《成之聞之》、《性自命出》、《語叢四》諸篇，其中《緇衣》篇兩見。（張光裕主編《郭店楚簡研究》第一卷《文字編》）「䎽」即「聞」，而「聞」與「問」皆從「門」得聲，故可通聲，故書當作「問」。〔註5〕

秋貞案：

在簡上的字形為「▨」，此字从「宀」从「䎽」。原考釋釋為「問」，而今本方向東《大戴禮記滙校集解·武王踐阼》篇此字亦作「問」。〔註6〕《上海博物館戰國楚竹書（一～五）文字編》卷十二：「䎽字及其異體有「問」和「聞」二讀。」〔註7〕此字在《郭店·成之聞之》簡1出現為「▨」，从「昏」从「耳」，讀為「聞」；在上博簡（二）〈民之父母〉簡10「可得而▨歟」，讀為「聞」，意思是「可以聽聞到嗎？」。此字在戰國古文裡就已有从耳，昏聲，或从耳，門聲。〔註8〕「聞」和「問」皆从「門」聲，聲韻可通。在這一句中文義解釋為「問道」於誰，故應解為「問」字比較通順合理，故原考釋和廖名春之說可從。

〔註5〕廖名春：〈上海博物館藏·楚簡《武王踐阼》篇管窺〉，刊於《中國出土資料研究》第 4 號，收入作者文集《新出楚簡試論》，臺灣古籍出版有限公司，2001 年。下文所引廖名春先生的意見皆出此篇，不再另注。

〔註6〕方向東撰：《大戴禮記滙校集解》，北京：中華書局，2008 年 7 月。

〔註7〕李守奎、曲冰、孫偉龍編著：《上海博物館藏戰國楚竹書（一～五）文字編》，作家出版社，2007 年，頁 541。

〔註8〕季師旭昇：《說文新證》下冊，台北：藝文印書館，2004 年 11 月，頁 180。

〔3〕帀上父

依原考釋的解釋「帀上父」，「師」為職，「尚」為名，「父」乃敬稱，即俗稱的「姜太公」。〈武王踐阼〉乙本稱「太公望」：

「帀上父」即「師尚父」，是太公望為太師而號尚父，「師」為職。「尚」為名。「父」乃敬稱。師上父即「呂尚」，或作「姜尚」。西周齊國國君，東海人，本姓姜氏，其先封於呂，從其封姓故曰呂氏，名尚，字子牙。家貧，釣於渭水之濱，文王出獵遇之，與語大悅，曰「吾太公望子久矣」，故稱太公望，俗稱姜太公，載與俱歸，並立為師，佐文王、武，王，為計滅商，尚謀居多，有大功。武王時尊為師尚父，封於齊營丘。

廖名春認為「帀」字在戰國楚簡多見，均為「師」。「尚」字為「上」，音義可通：

「帀」，今本作「師」。「師」字從「帀」，戰國古文「帀」均讀為「師」。郭店楚簡「帀」字4見：《緇衣》篇第16、39簡，《窮達以時》第5簡，《成之聞之》第25簡，皆讀為「師」。「上」，今本作「尚」。《說文·八部》：「尚，曾也，庶幾也。從八，向聲。」徐灝注箋：「尚者，尊上之義，向慕之稱。尚之言上也，加也。曾猶重也，亦加也。故訓為曾，庶幾。」「尚」與「上」音義皆同，故可通用。文獻習見。

秋貞案：

簡本的「」字形隸為「帀」釋為「師」。今本稱「師尚父」。「師」從「帀」。廖名春舉例：

〈郭店·緇衣16〉「虩虩～（師）尹」

〈郭店·緇衣39〉「出入自尔～（師）于」

〈郭店·窮·5〉「遷而為天子～（師）」

〈郭店·成之25〉「允～（師）濟德」

〈包山2·115〉「……惡陽敗晉～（師）於襄陵之戠」

此字隸為「帀」，釋為「師」，可從。

2. 整句釋義

武王問師上父說。

（二）不智〔1〕黃帝、耑珸〔2〕、堯、臸〔3〕之道〔4〕才〔5〕虐？

1. 字詞考釋

〔1〕智

楚簡「智」，字形為「」，原考釋隸為「智」讀為「知」。

廖名春隸為「智」讀為「知」。他認為「智」為「智」字之繁構，通「智」：

> 郭店楚簡「智」多於「智」，「智」為「智」字之繁構。「智」、

「知」同音，「智」從「知」出，故可通用。

復旦讀書會釋為「智」，讀為「知」。

〔2〕耑珸

楚簡字形為「」、「」，原考釋認為「耑」聲通「顓」；「珸」與「項」

從玉聲通：

> 「耑」讀為「顓」，聲同，可通。「珸」，從言，玉聲。與「項」
>
> （从頁，玉聲）聲同，可通。

廖名春認為「顓」從「耑」聲通，「項」和「珸」字從「玉」得聲，故可通

用：

> 「耑」，今本作「顓」。「顓」字從「耑」得聲，故可通用。
>
> 「珸」，今本作「項」。《說文‧頁部》：「項，……从頁，玉聲。」
>
> 《左傳‧昭公十七年》「顓頊」《路史‧前紀六》及《後紀八》注：
>
> 「項又作玉」「珸」字也當從「玉」得聲，故可通用。

秋貞案：

「　」字楚簡有讀作「端」的，如簡2的「耑（端）備（服）、氈（冕）」的

「端」字和此字同形，除此外還有，以下表列：

字　形	文　例
「」（上博七‧2）	「耑（端）備（服）、氈（冕）」
「」（郭‧語一‧98）	「喪，仁之～（端）也」

「𣎴」（郭・語三・23）	「☐之〜（端）也」
「𣎴」（上二・容・47）	「文王於是乎素〜（端）襃裳以行九邦」

本簡「𣎴」字則釋為「顓」，「顓」從「耑」聲；「珇」字從「言」「玉」聲，隸為「珇」，讀為「頊」，原考釋和廖名春所說可從。

宋代王應麟〈武王踐阼集解〉說到《五帝德》：孔子曰：「黃帝少典之子也，曰『軒轅』；顓頊，黃帝之孫，昌意之子也，曰『高陽』。清代王聘珍《大戴禮記解詁》〈武王踐阼〉篇：「《帝繫》曰：『少典產軒轅，是為黃帝。黃帝產昌意，昌意產高陽，為帝顓頊』」〔註9〕

〔3〕𡋚

楚簡字形為「𡋚」，原考釋者隸為「舜」：

> 「𡋚」，即「舜」字，《說文》古文寫法與之相同。《上海博物館
> 藏戰國楚竹書（五）・鬼神之明》篇，「舜」作「𡋚」。「黃帝、顓頊、
> 堯、舜之道」，《大戴禮記・五帝德》孔子曰：「黃帝，少典之子也，
> 曰軒轅。」「顓頊，黃帝之孫，昌意之子也，曰高陽。」「帝堯，高
> 辛之子也，曰放勳。」「帝舜，蟜牛之孫，瞽叟之子也，曰重華。」

廖名春認為「𡋚」即「舜」字，「允」表音亦表義。所從之「炎」、「土」，當為義符，疑與《說文》「艸也……蔓地連華」說有關：

> 「𡋚」，今本作「舜」。「舜」字郭店楚簡11見，皆與「𡋚」近。
> 其中《窮達以時》第2簡即作「𡋚」。「舜」《說文》古文作「𡱾」。
> 《汗簡》引《古尚書》字與楚簡同，只是中間的「火」變成了「炎」，
> 當係「𡋚」字之繁文。案《說文》古文上「月」當為「允」之誤。
> 「允」、「舜」古音近。《禮記・中庸》：「其斯以為舜乎！」鄭玄注：
> 「舜之言充也。」朱駿聲《說文通訓定聲》：「充當為允。」其說是。
> 《說文》：「允，信也。」《白虎通・號》篇：「謂之舜者何？……言
> 能推信堯道而行之。」是「允」表音亦表義。所從之「炎」、「土」，
> 當為義符，疑與《說文》「艸也……蔓地連華」說有關。有人以為
> 字從「火」，象其花之光華也；重「火」，象連花也。故帝舜號重華

〔註9〕黃懷信：《大戴禮記彙校集注》，三秦出版社，2005年，頁641。

也（見丁福保編纂《說文解字詁林》頁 5640）。說亦可參。黃錫全疑為「曠」

或「畺」譌（《汗簡注釋》，武漢大學出版社，1993，頁 219），恐非。

秋貞案：

季師旭昇對「舜」字有詳細的考證：〔註10〕

綜上所述，我們認為帝舜的「舜」字本作「允」，其後下加「夊」

形而成「夋」（如西周晚期虢季子白盤作 ），「夋」與「允」實為一

字，楚系文字「夋」所从「夊」與「人」形相合，聲化成「身」字，

《楚帛書》甲 6.34 以「夋」為「舜」。《郭店》、《上博》A 形「夋

（舜）」字所从「人」形改从「大」，又加繁飾而成「亦」下加「土」

形；B 形「厶」形簡化為「夕」形。漢代「夕」形再譌為「匸」形，

並與「亦」形結合，遂成今形。《說文》小篆則「匸」形中譌為「炎」。

其演變序列當如下：

此說對楚簡「舜」字从「炎」从「土」的源流演變有比較清楚明白的解釋，
當可從。

〔4〕道

楚簡上的字形「」，原考釋者釋為「道」，意為「道理」：

「道」，《禮記‧樂記》：「君子樂得其道。」鄭玄注：「道為仁

義也。」《新書‧道德說》：「道者，德之本也。」《章句》：「道者，

日用之物當行之理。」道理也。

秋貞案：

此處的「道」除了「道理」之意外，應該還指「法則」而言，黃帝、顓頊、
堯、舜所延續下來的「治國法則」，如《中庸》：「是故君子動而世為天下道」
的「道」，朱熹曰：「道，兼法則而言」。亦可作「政令」，如《荀子‧君子》：

〔註10〕季師旭昇：〈讀郭店、上博簡五題：舜、河滸、紳而易、牆有茨、宛丘〉，《中
國文字》新廿七期，臺北：藝文印書館，2001 年 12 月。

「由其道，則人得其所好焉。」楊倞注。〔註11〕此處的「道」應該和治國有關。

〔5〕才

此字簡本字形「」，原考釋者釋為「在」，今本為「存」：

> 讀為「不知黃帝、顓頊、堯、舜之道在乎」。此句今《大戴禮記‧武王踐阼》作「昔帝顓頊之道存乎？」〔註12〕

廖名春認為「存」、「在」義同，故可通用：

> 「才」，今本作「存」。案：「才」與「在」通，「存」、「在」義同，故可通用。

讀書會讀為「存」，和今本一樣：

> 簡文「才」，可讀為「存」，與《大戴禮記》同。

但網友東山鐸認為應讀為「在」：

> 在（存）乎？——似乎不必遷就今本讀為「存」，直接用「在」即可。〔註13〕

秋貞案：

上博簡此字多見，可讀為「哉」、「在」：

（上二‧民8）「善～（哉）商也」。

（上二‧子羔8）「如舜～（在）今之世，則何若？」。

在白於藍《簡牘帛書通假字字典》〔註14〕中，「才」字可通假的字如下：

釋字	出　處	文　例
在	〈唐虞〉	方才（在）下立（位），不以匹夫為至（輕），及其又（有）天下也，不以天下為重。
哉	〈窮達〉	句（苟）又（有）其殜（世），何懂（艱）之又（有）才（哉）。
材	〈容成氏〉	其德輔清，而上愛下，而一其志，而寢其兵，而官其才（材）
災	〈容成氏〉	癘疫不至，祅（妖）祥不行，禍才（災）迲（去）亡，瘀（禽）獸肥大，卉木晉長。

〔註11〕宗福邦、陳世鐃、蕭海波主編：《故訓匯纂》下冊，北京：商務印書館，2007 年 9 月，頁 4299～4300。

〔註12〕馬承源主編：《上海博物館藏戰國楚竹書（七）》，上海：上海古籍出版社，2008 年 12 月，頁 166。此今文是按文淵閣四庫全書《大戴禮記‧武王踐阼》的版本。

〔註13〕東山鐸：在 2008-12-30 23:36:51 評論道。見劉嬌執筆《〈上博七‧武王踐阼〉校讀》，http://www.gwz.fudan.edu.cn/SrcShow.asp?Src_ID=576，2008.12.30。

〔註14〕白於藍：《簡牘帛書通假字字典》，福建人民出版社，2008 年 1 月。

讒	〈語叢三〉	所以異於父者，君臣不相才（讒）也，則可以；不敓（悅），可去也；不我（義）而加者（諸）己，弗受也。〔註15〕

　　筆者查閱滕任生《楚系簡帛文字編》「才」字條，〔註16〕沒有釋為「存」的例子。高亨《古字通假會典》的「才」通「材」、「財」、「在」、「哉」、「裁」。〔註17〕另外，王海根編纂《古代漢語通假字大字典》的「才」字可通「材」、「財」、「裁」、「哉」、「在」，亦同。〔註18〕王輝《古文字通假字典》裡「才」通「在」、「飺」、「截」、「茲」、「哉」、「載」、「災」、「材」、「裁」。〔註19〕

　　但「存」與「在」字聲義俱近，本當為同源字。「在」，《說文》：「存也。從土、才聲。」案：古文字「在」字實從土、才聲。如「⼟」（大盂鼎）、「卄」（中山王壺）。「存」大徐本《說文解字》：「恤問也。從子、才聲。」小徐《說文繫傳》：「恤問也。從子、在省。臣鍇曰：在亦存也。會意。」據此，「存」本從「才」聲，上古音在之部，與「在」字同音，段玉裁《說文解字注》則臆改為「存，恤問也。從子、在省。」段注云：「大徐本作才聲，今小徐本作在聲。依《韻會》所引正。楚金注曰：『在，亦存也。』會意。徂尊切，十三部。」段注依《韻會》所引改動大、小徐本，主要原因可能是覺得之部字與諄部字相去較遠，韻不能通。今查陳新雄《古音學發微》頁1084之部與諄部有通轉之例：存從才聲，秡讀又若銀，䫋讀若迅。是「存」上古本當在之部，後音轉而入諄部，段玉裁不明此理，遂逕改《說文》。今依簡本〈武王踐阼〉，知此處「才」與後世傳本《大戴禮記》「存」相同，則正可以證明此二字古音本可相通。簡文「不知黃帝、顓頊、堯、舜之道才乎」，「才」字各家或讀「在」、或讀「存」，其實並無不同。今既證「存」、「在」二字同源，義均為「存在」，讀「在」者趨近楚簡原文為讀，讀「存」者趨近傳世文獻為讀，二說並無高下是非之別。

2. 整句釋義

不知黃帝、顓頊、堯、舜的治國法則還存在嗎？

〔註15〕白於藍：《郭店楚簡補釋》，《江漢考古》，2001年2期。

〔註16〕滕任生：《楚系簡帛文字編》，武漢：湖北教育出版社，2008年10月第一次印刷。

〔註17〕高亨：《古字通假會典》，齊魯書社，1997年7月第2次印刷，頁418。

〔註18〕王海根：《古代漢語通假字大字典》，福建人民出版社，2006年1月第1次印刷，頁341。

〔註19〕王輝：《古文字通假字典》，中華書局，2008年2月，頁35、41。

（三）喜〔1〕幾〔2〕喪〔3〕不可得而註〔1〕虖？

1. 字詞考釋

〔1〕喜

楚簡此字形為「」，原考釋者釋為「意」，而且認為應屬下讀：

> 「喜」，同「喜」。《字彙》：「喜，古文意字。」《莊子·胠篋》：「夫妄意室中之藏。」「意」，謂推測。

廖名春考釋為「意」字，「意亦」即「抑亦」之意，認為應屬下讀，詞之轉也。而今本以「意」字屬上讀，與楚簡不同意義迂曲難通：

> 「喜」，今本作「意」。《說文》：「意，志也。从心察言而知意也。从心从音。」從音實由從言而來，金文《牆盤》「意」字即從言從中，會言則中之意。可見楚簡的從言從音，係由金文的從言從中演變而來，而「意」係楚簡「喜」省「中」再添形符「心」而成。
>
> 從楚簡「不知黃帝、顓頊、堯、舜之道在乎？意幾喪，不可得而覿乎」句來看，人們對今本「黃帝顓頊之道存乎意亦忽不可得見與」斷句的歧義可以得到解決。唐人孔穎達、明人程榮（見《漢魏叢書》頁84，吉林大學出版社，1992）、清人王聘珍皆以「意」字歸上讀，王氏《解詁》稱：「孔氏《學記》疏云：『武王言黃帝、顓頊之道，恒在於意，言意恒念之，但其道超忽已遠，亦恍惚不可得見與』」（《大戴禮記解詁》，頁103），而北周人盧辯《注》和清人孔廣森《補注》則以「意」字歸下讀（見《清經解》第4冊頁800）。孔廣森說：「意，古通以為抑字。熹平石經《論語》曰：『意與之與』」（見《清經解》第4冊頁800。案「意與之與」今本《論語·學而》篇作「抑與之與」）。
>
> 從楚簡來看，盧辯和孔廣森的斷句是正確的。「意亦」即「抑亦」，「詞之轉也」（詳可參王引之《經傳釋詞》頁68）。今本是問：黃帝、顓頊之道存在嗎？還是恍恍惚惚看不到了？以「意」字歸上讀，不但與楚簡不合，而且迂曲難通，顯不可取。楚簡此處與今本雖然形式上有些差異，但實質無別。

何有祖在〈上博簡《武王踐阼》初讀〉一文中釋此字為「意」，同「抑」，應屬下讀，為「意（抑）微喪不可得睹乎？」：

意，廖文引盧辯、孔廣森的意見屬下讀，可從。不過該句釋文作「意幾喪，不可得而睹乎？」仍有可商之處。此小句可釋作「意（抑）微喪不可得睹乎？」《大戴禮記‧武王踐阼》對應作「意亦忽不可得見與？」俞樾《群經平議‧大戴禮記一》：「『忽不可得見與』，言滅沒不可得見。」〔註20〕

讀書會認為「㫗」字即「意」，意為「或者」，為「抑或是」之意，認為應屬下讀：

簡文「㫗」，意為「或者」。《墨子‧明鬼下》：「豈女為之與，意鮑為之與？」孫詒讓《間詁》引王引之曰：「意，與抑同。」《莊子‧盜蹠》：「知不足邪，意知而力不能行邪？」漢劉向《說苑‧善說》：「不識世無明君乎，意先生之道固不通乎？」〔註21〕

劉洪濤在〈用簡本校讀傳本《武王踐阼》〉一文中認為此句的「意」字應屬下讀，和「不知……，意（抑）……」組成選擇疑問詞，故「意」應當作虛字解：

孔穎達、王聘珍等把「意」字屬上讀，作實字解，訓意念。孔廣森屬下讀，說：「意，古通以為『抑』字，熹平石經《論語》曰：『意與之與。』」《說苑‧善說》：「不識世無明君乎，意先生之道固不通乎？」「不識」與「意」組成選擇疑問詞。簡本有「不知」二字，也跟「意」組成選擇疑問詞，可證孔氏把「意」屬下讀看作虛字是正確的。〔註22〕

秋貞案：

綜合以上的意見，可分為兩派意見，以下依發表時間排序，列表如下：

（一）認為「意」字應屬上讀，把「意」字作「意念」當實詞解的，都是以孔穎達所說為是：

〔註20〕何有祖：〈上博簡《武王踐阼》初讀〉，http://www.bsm.org.cn/show_article.php?id=756，2007.12.04。

〔註21〕劉嬌執筆：〈《上博七‧武王踐阼》校讀〉，http://www.gwz.fudan.edu.cn/SrcShow.asp?Src_ID=576，2008.12.30。

〔註22〕劉洪濤：〈用簡本校讀傳本《武王踐阼》〉，http://www.bsm.org.cn/show_article.php?id=997，2009.03.03。

	發表人	內 容
1	孔穎達	《禮記‧學記》疏云:「武王言黃帝、顓頊之道,恒在於意,言意恒念之,但其道超乎已遠,亦恍惚不可得見與。與,語辭」。「恒在於意」即「存乎意」之意。
2	王聘珍	《大戴禮記解詁》中尊孔穎達所述。
3	方向東	《大戴禮記匯校集解》的此句「黃帝、顓頊之道存乎意,……」,「向東案:汪照、汪中、戴震、孔廣森、王樹柟皆於乎下為句,不若王聘珍引孔氏說為切。」〔註23〕,也是尊孔說為是。

（二）認為「意」字應屬下讀,「意」當作「推測」、「或者」、「抑」,為虛字解的有八家:

	發表人	內 容
1	孔廣森	《大戴禮記補注》屬下讀,並認為「意」古通以為「抑」字。
2	高明	《大戴禮記今註今譯》「意亦忽不可得見與?」註解「意」為古通「抑」字。〔註24〕
3	廖名春	釋為「意」字,「意亦」即「抑亦」之意,「詞之轉也」。〔註25〕讀為「意幾喪,不可得而覩乎?」
4	黃懷信	《大戴禮記彙校集注》認為「意」讀為「抑」,借字,選擇連詞。
5	何有祖	釋為「意」,同「抑」,讀為「意(抑)微喪不可得睹乎?」
6	陳佩芬	釋為「意」,謂推測。讀為「意微喪不可得而睹乎?」
7	讀書會	釋為「意」,意為「或者」,讀為「意豈喪不可得而睹乎?」
8	劉洪濤	釋為「意」,而且應當作虛字解。讀為「意幾喪不可得而睹乎?」

筆者認為這一句的「意」字應屬下讀為是。原因有二:

甲、從句意來看,「不知………乎?意散……乎?」這一句和下一句都以「乎」字為句尾,是比較整齊的句式。

乙、「意」字下讀,和「意散」這一詞的結構有關,容後考釋下一字之後再進一步討論。

〔2〕幾

此字楚簡本字形為「」(以下以△代),原考釋者隸作「散」,釋為「微」,可當作「衰亡」之意。

與「微」通。《說文通訓定聲》:「微,假借為散」。「微喪」,衰亡。

〔註23〕方向東:《大戴禮記匯校集解》,北京:中華書局,2008年7月,頁621。

〔註24〕高明註譯:《大戴禮記今註今譯》,台灣商務印書館,1993年6月修訂版第三次印刷,頁223。

〔註25〕詳可參王引之:《經傳釋詞》,頁68。

在廖名春之前，上海博物館書法館所展兩支竹簡的這一個字隸作「幾」讀為「豈」，而廖名春在看過這兩支簡後發表〈上海博物館藏楚簡《武王踐阼》篇管窺〉一文中，認為△字是「幾」的本字，也讀作「幾」，此句對照今本為「意亦忽不可得見與」，故簡本「幾喪」可以對照今本的「忽」字，即意近於「無」：

> 「幾」字上海博物館書法館的釋文以為「豈」之借字。《戰國策‧趙策一》：「秦豈得愛趙而憎韓哉？」馬王堆帛書《戰國縱橫家書‧蘇秦獻書趙王章書》「豈」作「幾」。《戰國策‧趙策四》：「則豈楚之任也哉？」帛書《戰國縱橫家書‧虞卿謂春申君章》「豈」作「幾」。《晏子春秋‧內篇雜上》第二章：「君民者豈以陵民，社稷是主；臣君者豈為其口實，社稷是養。」銀雀山竹簡《晏子‧十二》「豈」皆作「幾」。但是，從竹簡的上下文來看，疑「幾」當讀為本字。

> 「幾」近於無。「幾喪」，即差不多完了，與「恍恍惚惚」之「忽」義同。正因為差不多完了，故下說「不可得而覩」。

何有祖在〈上博簡《武王踐阼》初讀〉一文中認為△字和簡 2 的「微」字形相近，當釋為「微」，右部所从「攴」。意指「衰微、衰敗」：

> 意，廖文引盧辯、孔廣森的意見屬下讀，可從。不過該句釋文作「意幾喪，不可得而睹乎？」仍有可商之處。「幾」，形體與簡 2「微」字近似，疑當釋為「微」。其右部所从，與《民之父母》簡 2、簡 9以及《孔子見季桓子》簡 14所从「攴」〔註26〕，形體相同。「微」可指衰微、衰敗，如《論語‧季氏》：「祿之去公室五世矣，政逮于大夫四世矣，故夫三桓之子孫微矣。」《漢書‧藝文志》：「周室既微，載籍殘缺。」《韓非子‧愛臣》：「是以姦臣蕃息，主道衰亡。」「得」、「睹」之間，廖文認為是「而」。但看原簡，「得」、「睹」二字間僅有一比較大的墨點，并無所謂的「而」字。此小句可釋作「意（抑）微喪不可得睹乎？」《大戴禮記‧武王踐阼》對

〔註26〕何有祖見高佑仁：《上海博物館藏戰國楚竹書（二）‧民之父母校讀》，《思辯集》第八集，台灣師範大學國文研究所 2005 年 3 月，頁 132～133；高佑仁：《《孔子見季桓子》箚記（一）》，簡帛網 2007.09.08。

應作「意亦忽不可得見與？」俞樾《群經平議‧大戴禮記一》：「『忽不可得見與』，言滅沒不可得見。」〔註27〕

秋貞案：

△字所從的「殳」旁與《民之父母》簡9「」、簡2「」〔註28〕以及《孔子見季桓子》簡14「」所從「殳」寫法不一樣，但可隸為「殳」。

讀書會將△字隸為「幾」，讀為「豈」，並認為古書「意豈」多見，並舉古代文獻證明：

> 簡文「幾」，字形為，整理者原釋「散」，讀為「微」，細審字形，此字當為「幾」，查下文第7簡「機」字作可證。「幾」當讀為「豈」，古書「意豈」多見，如《漢書‧谷永傳》：「二者同日俱發，以丁寧陛下，厥咎不遠，宜厚求諸身。意豈陛下志在閨門，未恤政事，不慎舉錯，婁失中與？」又如《全漢文》漢元帝《報貢禹》：「今未得久聞生之奇論也。而云欲退，意豈有所恨與？將在位者與生殊乎？」

陳偉在〈讀《武王踐阼》小札〉一文中認為△字從原考釋者所釋，但與後字連讀為「微茫」，隱約暗昧之意，意近於今本：

> 1號簡云：「不知黃帝、顓頊、堯、舜之道在，意□喪不可得而睹乎？」□喪，整理者陳佩芬先生釋，讀為「微喪」，指衰亡。復旦大學出土文獻與古文字研究中心研究生讀書會（以下簡稱「復旦讀書會」）改釋「散」為「幾」，以為當讀為「豈」，古書「意豈」多見。今按，整理者釋讀當是，與後字連讀為「微茫」，隱約暗昧之意。《抱樸子‧袪惑》：「此妄語乃爾，而人猶有不覺其虛者，況其微茫欺詐，頗因事類之象似者而加益之，非至明者，倉卒安能辨哉！」今本作「意亦忽不可得見與」，意義相近。〔註29〕

季師旭昇在〈上博七芻議〉〔註30〕一文中把簡1（A）、簡2（B）和簡

〔註27〕何有祖：〈上博簡《武王踐阼》初讀〉，http://www.bsm.org.cn/show_article.php?id=756，2007.12.04。

〔註28〕秋貞案：在《民之父母》簡2，在《民之父母》簡9。

〔註29〕陳偉：〈讀《武王踐阼》小札〉，http://www.bsm.org.cn/show_article.php?id=916，2008.12.31。

〔註30〕季師旭昇：〈上博七芻議〉，http://www.gwz.fudan.edu.cn/SrcShow.asp?Src_ID=588，2009.01.01。

7▨（C）形比較，舉例說明楚系文字「兇」與「豈」的上部常常作近似「幺」形與「ヨ」形互見：

> AB 二字左旁所從究係何字，確實很難決定。楚系文字「兇」與「豈」的上部常常作近似「幺」形與「ヨ」形互見，如《上博一‧孔子詩論》簡 16 的「兇」字作「▨」，而《上博四‧采風》簡 2 作「▨」；《上博二‧魯邦大旱》簡 6 的「剴」字作「▨」，《上博四‧內豊》簡 8 則作「▨」，可以為證。

季師認為簡 7▨（C）應該隸為「機」，無誤。於是「幾」和「兇」同形，至於右旁加上「殳」之後，應該釋為什麼字，不敢斷言，但能從這裡看出《說文》釋「豈」為「微（段注校改為「散」）省聲」，又釋「散」字為「豈省聲」的矛盾。另外從文意上來看，他同意復旦讀書會讀為「意豈喪」的說法，於句法上較為整齊：

> ……C 形確實應該隸定為「機」字，其右旁明顯地是從「幾」省，這麼一來就造成「幾」和「兇」同形。簡 1 以單句而論，陳偉先生讀為「意微茫」和復旦讀書會讀為「意豈喪」文意都可通，但是以上下句連讀來看，復旦讀書會讀為「不知黃帝、顓頊、堯、舜之道在（存）乎？意豈喪不可得而睹乎？」，以「在（存）」與「喪」相對，句法似乎更整齊些。

> ……當然，把 AB 二形的左旁視為「幾」省，面臨的是此二字右旁從「殳」，加上殳旁之後究竟相當於後世的什麼字，還有待考察。

> 從本篇「幾省（讀為豈）」和「兇」同形的現象來看，我們也可以理解《說文解字》釋「豈」為「微（段注校改為「散」）省聲」，又釋「散」字為「豈省聲」的矛盾，應該就是從類似楚文字這樣的現象所造成的。

小龍在〈也說「幾」、「（微—彳）」〉一文中對此字的看法是仍應將▨、▨字釋為「散」字，而且認為將其讀為豈、階。並且他進一步提出「兇」旁、「豈」旁之中的「ヨ」形寫作「▨」形的現象可以看作是一種文字雜糅現象，但小龍最後因為對楚文字「幾」字未從「攴」旁，而且未見寫作「ヨ」形者，而「散」字皆從攴旁，所以仍把▨、▨釋為「散」字，並將其讀為豈、階。小龍對▨、▨字的觀察和分析，雖然將這二字釋為「散」字，但是他也提到楚簡中不乏

兇、豈、幾聲字相通之例，所以對自己的釋讀為「敳」字仍有再討論的空間：

> 我們認為釋 、 應釋為敳字，主要有兩個原因。其一，雖然楚文字中戈、攴偏旁通用現象習見，但楚文字中，兩種形體的幾字皆從戈，無一例從攴者；而敳字皆從攴，無一例從戈者，或是時人有意區別；其二，楚簡中兇旁、豈旁上部有寫作 形者，而幾字上部未見到寫作 形者，也就是並未見過 形幾字，釋 字為敳字更好。
>
> 綜上，我們認為仍應將 、 字釋為敳字。但由於楚簡中亦不乏兇、豈、幾聲字相通之例（參白於藍《簡牘帛書通假字字典》），釋其為敳字，也並不妨礙將其讀為豈、階，上文所引辭例的釋讀尚可再考慮。〔註31〕

高佑仁在〈也談《武王踐阼》簡1之「微喪」〉一文中認為△字釋「敳」較釋「幾」妥當，「喪」字作「」，字從「亡」聲，可通假為「亡」字，「微喪」可直接讀作「微亡」，在古書中有例：

> 「」字釋「敳」較釋「幾」妥當，「敳」字已在楚簡中出現不少，釋「幾」雖可將「攴」旁解釋為「戈」的偏旁替換，但總是比較複雜，未若釋「敳」直接。「微喪」原考釋者解釋成「衰亡」，我認為不如將「微喪」直接讀作「微亡」，「喪」字作「」，字從「亡」聲，聲韻通假沒有問題，《武王踐阼》簡4「意勝義則亡」，「亡」字作「」，原考釋者讀作「喪」訓作「亡」，不免曲折，該字今本〈武王踐阼〉正對應「亡」字，直接讀作「亡」即可。「微喪」一詞筆者在古籍中未見用例，但「微亡」則見《逸周書·周祝》，其云：「彼萬物必有常，國君而無道以微亡」，此處指政權之式微滅亡，反觀〈武王踐阼〉指的是古代聖賢之道德言論「式微散亡」而不可考。
>
> 「不知黃帝、顓頊、堯、舜之道存乎？意微亡不可得而睹乎？」，前曰「存」，後曰「亡」，二字正可對比，這種用法見《郭店·成之

〔註31〕小龍：〈也說「幾」、「（微—彳）」〉，http://www.gwz.fudan.edu.cn/SrcShow.asp?Src_ID=593，2009.01.02。

聞之》簡 4～5：「亡乎其身，而存乎其詞」。〔註32〕

　　劉洪濤在〈用簡本校讀傳本《武王踐阼》〉一文中認為此句的「微」字依孔穎達《學記》《疏》所見，為「恍惚不可得見」之意，盧辯注：「言忽然不可得見。」俞樾曰：「忽、滅，盡也。」是忽與滅同義，「忽」、「沒」聲韻關係密切，為求文意順暢，「忽」可以用作「沒」：

　　　　孔穎達《學記》《疏》曰：「武王言黃帝、顓頊之道，恆在於意，言意恆念之，但其道超忽已遠，亦恍惚不可得見與。」盧辯注：「言忽然不可得見。」俞樾曰：「《爾雅‧釋詁》：『忽、滅，盡也。』是忽與滅同義，故《詩‧皇矣》篇『是絕是忽』毛傳曰：『忽，滅也。』『忽不可得見』，言滅沒不可得見，非忽然之謂。」戴禮注：「《釋詁》：『忽，盡也。』恐盡不得見也。」

　　　　按「忽」跟簡本的「喪」相對，俞樾、戴禮把「忽」訓為滅、盡，跟喪的意思很近。但說「道忽」似乎不大順暢，文獻中經常「存」、「沒」對舉，我們認為還是把「忽」直接讀為「沒」更好一些。上古音「忽」、「沒」都屬物部，聲母一個屬曉母，一個屬明母，關係也十分密切。（參看徐莉莉《論中古「明」、「曉」二母在上古的關係》，《華東師範大學學報（哲學社會科學版）》1992 第 6 期）馬王堆帛書《老子》甲本「忽呵其若海」、「道之物，唯望唯忽。【忽呵望】呵，中有象呵。望呵忽呵，中有物呵」，諸「忽」字帛書乙本皆作「沕」；帛書《老子》甲本「沕身不怠」，乙本和傳本「沕」皆作「沒」；（高明《帛書老子校注》，中華書局 1996 年，頁 324、328、302）所以「忽」可以用作「沒」。〔註33〕

　　宋華強在〈《武王踐阼》「微忽」試解〉一文中將△字釋為「散」，和小龍的意見一致：

　　　　從字形來看，「意」下之字釋「散」當無誤，小龍先生已有詳辨。〔註34〕

〔註32〕高佑仁：〈也談《武王踐阼》簡 1 之「微喪」〉，http://www.gwz.fudan.edu.cn/SrcShow.asp?Src_ID=652，2009.01.13。

〔註33〕劉洪濤：〈用簡本校讀傳本《武王踐阼》〉，http://www.bsm.org.cn/show_article.php?id=997，2009.03.03。

〔註34〕宋華強：〈《武王踐阼》「微忽」試解〉，http://www.bsm.org.cn/show_article.php?id=1109#_ftnref15，2009.07.07。

林清源在〈上博簡《武王踐阼》「幾」、「微」二字考辨〉[註35]一文中將簡1「幾」字和簡2「散」比較，他提出簡1「幾」字的左上部「幺」形和簡2「散」的左上部「彐」形，只有單向類化關係[註36]，並不能雙向互通，故他認為二者並非同一個字的異體，簡1字應釋作「幾」，簡2字應釋作「散」。並認為簡1「意幾」二字，應讀作「抑豈」，當作並列疑問句的連詞使用，其用法猶如先秦典籍所見的「意亦」或「抑亦」：

> 此篇簡1「幾」字與簡2「散」字，究竟是同一個字的異體，或者是兩個不同的字，目前古文字學界仍無共識。經過筆者考證的結果，認為簡1「幾」字應釋作「幾」，簡2「散」字應釋作「散」，它們是兩個不同的字。這兩個字最主要的區別特徵，在於它們左上角所從部件的形體，「幾」字寫作「幺」形，而「散」字則作「彐」形。簡1「意幾」二字，應讀作「抑豈」，當作並列疑問句的連詞使用，其用法猶如先秦典籍所見的「意亦」或「抑亦」；簡2「堂散」二字，則以讀為「堂階」最為允當。

秋貞案：

釋△字有十二家不同的意見。為了便於分析，筆者以釋字相同者歸為一類，可分為三類。

（一）釋為「微」的有七家。茲將此七家以發表時間先後，列表整理如下：

	發表人	內　容
1	陳佩芬	釋為「微」，作「衰亡」之意。
2	何有祖	釋為「微」，意指「衰微、衰敗」。
3	陳偉	釋為「微」，與後字連讀為「微茫」，隱約暗昧之意。
4	小龍	釋為「散」字，而且這並不妨礙將其讀為豈、階，因為兌、豈、幾聲字相通。

〔註35〕林清源：〈上博簡《武王踐阼》「幾」、「微」二字考辨〉，http://www.bsm.org.cn/show_article.php?id=1155，2009.10.13。

〔註36〕單向類化：兩個形體相似的部件，經過一段長時期的互動之後，就有可能發生構形類化現象，而且其中使用頻率較高、組字能力較強的部件，通常會佔有較佳的競爭優勢，二者密切互動演變的結果，大多是罕用部件會類化成常用部件，無音義的不成文部件會類化成具有獨立音義的偏旁；相對而言，常用部件一般不會類化成罕用部件，具有獨立音義的偏旁一般不會類化成無音義的不成文部件。出自林清源：《楚國文字構形演變研究》，臺中，東海大學中國文學系博士論文，1997，第5章「構形演變的類化與別嫌現象」，頁159。

5	高佑仁	釋「攲」較釋「幾」妥當，「微亡」，在古書中有例。
6	劉洪濤	釋為「微」，因今本的「忽」和簡本的「喪」字可以相對。
7	宋華強	釋「微忽」，有難察、不可察之意。

（二）茲將釋為「幾」的四家以時間順序，列表整理如下：

	發表人	內　容
1	上海博物館書法館	隸為「幾」，讀為「豈」。
2	廖名春	隸為「幾」，讀作「幾」，「幾喪」可以和今本「忽」字對照。
3	讀書會	隸為「幾」，讀為「豈」，古書「意豈」多見。
4	林清源	釋作「幾」，和「豈」字聲近韻同，「意幾」和「意豈」可通。

（三）未確定的有一家：

	發表人	內　容
1	季師旭昇	「攲」字的左旁和簡 2 的「機」字右旁一樣，基本上比較贊同復旦讀書會的「意豈喪」的說法，但「光」旁加「攴（攵）」應為何字，還未定。

如果筆者以釋義來分類，可以歸為兩類：

（一）釋為「衰亡」、「衰微、衰敗」、「微茫」、「微亡」、「忽」、「沒」等之意，依發表的時間順序有八家：

	發表人	內　容
1	廖名春	隸為「幾」，讀作「幾」，「幾喪」可以和今本「忽」字對照。
2	何有祖	釋為「微」，意指「衰微、衰敗」。
3	陳佩芬	釋為「微」，作「衰亡」之意。
4	陳偉	釋為「微」，與後字連讀為「微茫」，隱約暗昧之意。
5	小龍	釋為「攲」字，而且這並不妨礙將其讀為豈、階，因為光、豈、幾聲字相通。
6	高佑仁	釋「攲」較釋「幾」妥當，「微亡」，在古書中有例。
7	劉洪濤	釋為「微」，因今本的「忽」和簡本的「喪」字可以相對。
8	宋華強	釋「微忽」，有難察、不可察之意。

（二）釋為「意豈」的有四家：

	發表人	內　容
1	上海博物館書法館	隸為「幾」，讀為「豈」。
2	讀書會	隸為「幾」，讀為「豈」，古書「意豈」多見。

3	季師旭昇	「敚」字的左旁和簡2的「機」字右旁一樣,基本上比較贊同復旦讀書會的「意豈喪」的說法,但「兂」旁加「殳(攴)」應為何字,還未定。
4	林清源	釋作「幾」,和「豈」字聲近韻同,「意幾」二字,應讀作「抑豈」。

(以下以△代)字目前在楚簡上沒出現過,但是我們仍設法找出一個合理的詮釋。

筆者認△為字,左旁从「」形右旁从「殳」,應該釋為「幾」,讀為「豈」,和讀書會的意見一致,但是讀書會並沒有作字形上的分析。要釋出這個字不免要和簡2的字比較,因為這兩個字的字形很相似,只有左半邊的「幺」形和「彐」形的不同,這兩個字是不是屬於同一字呢?大部分的學者都釋為同一字之異體,但是林清源不認為如此。他認為△字釋為「幾」而字釋為「敚」,這兩字要如何區分?關鍵在於對「幺」形部件與「彐」形部件的互動關係的認識:

> 《上博七·武王踐阼》的 A、B二字,其左旁分別作「彐」和「彐」形,此二者下半皆為人形,但上半所從部件則有明顯差別,A 字作兩道斜勾畫上下交疊狀的「幺」形,B 字則作一道長曲畫和兩道短斜畫交會狀的「彐」形。如果僅就前述「敚」、「幾」二字的構形特徵來分辨,則 A 字顯然是「幾」字,而 B 字也可斷定作「敚」字,二者的分野昭然若揭,根本不需要再費詞說明了。然而,實際情況卻非如此,A、B 二字糾葛難辨,它們究竟是一個字或兩個字?究竟何者應釋作「幾」、何者應釋作「敚」?古文字學界迄今仍無共識。這個看似簡單明白的問題,所以遲遲無法拍板定案,關鍵在於過去對「幺」形部件與「彐」形部件的互動關係認識不足。〔註37〕

關於「彐」形與「幺」形部件的互動情形的討論,共有季師旭昇、小龍和林清源三位。

第一、季師旭昇認為 A、B二字其左旁分別作「彐」和「彐」形,「兂」字的上部有作「幺」形與「彐」形互見:

〔註37〕林清源:〈上博簡《武王踐阼》「幾」、「微」二字考辨〉,http://www.bsm.org.cn/show_article.php?id=1155,2009.10.13。

楚系文字「兇」與「豈」的上部常常作近似「幺」形與「ヨ」形互見，如《上博一‧孔子詩論》簡 16 的「兇」字作「」，而《上博四‧采風》簡 2 作「」，《上博二‧魯邦大旱》簡 6 的「剴」字作「」，《上博四‧內豊》簡 8 則作「」，可以為證。〔註38〕

第二、小龍先〈也說「幾」、「（微一彳）」〉文中則認為「幾」、「豈」二字古音相近，楚簡中常相通假。他贊同張新俊所說「」（〈逸‧交 2〉）是把「幾」、「豈」兩個部分糅合在一起所致。兇旁、豈旁之中的ヨ形寫作彳形的現象可以看作是一種「文字雜揉」的現象：

對於這種ヨ形有寫作彳形現象，已有多位學者撰文論及。如關於 逸交 2 字，魏宜輝先生認為當釋為「戲」，為「豈」、「幾」雙聲，且「豈」、「幾」皆有所省簡（〈讀上博楚簡（四）箚記〉）；孟蓬生先生亦釋之為「戲」，從「豈」，從幾省聲（〈上博竹書（四）閒詁（續）〉）；張新俊先生則認為逸交 2 字是把「幾」、「豈」兩個部分糅合在一起所致（《上博楚簡文字研究》，吉林大學博士學位論文）。

我們贊同張新俊先生的觀點。張新俊先生在同文中還提到幾個類似的形體演變，來佐證吳振武先生在《戰國文字中一種值得注意的構形方式》一文中提到的文字糅合的構形方式。吳振武先生早在 1993 年就注意到一種「將兩個經常通假的字糅合成一字」的特殊的構形方式，并在《戰國文字中一種值得注意的構形方式》一文中對此做了詳細的說明，認為「這種『害』字（龍按：指）實際上是糅合『萬』（）、『害』（）這兩個經常可以通假的字後形成的」；後又指出《性情論》簡 38 中的可以看作是把「慧」和「快」這兩個字糅合在一起所致（《上博楚簡文字研究》，吉林大學博士學位論文）；吳先生曾經預言「相信隨著出土古文字資料的日益增多和研究的不斷深入，這樣的例子還會被發現」。

「幾」、「豈」二字古音相近，楚簡中常相通假。兇旁、豈旁之中

〔註38〕 季旭昇師：〈上博七芻議〉，http://www.guwenzi.com/SrcShow.asp?Src_ID=588，2009.01.01。

的ㅌ形寫作ᵞ形的現象可以看作是一種文字雜糅現象，字也應與

等字一樣，乃文字雜糅後形成的特殊形體。〔註39〕

筆者認為這一個看法是很有意思的，也有其道理。我們可以說《上博七·武王踐阼》的△字，正是給我們一個「幾」、「㲋」雜糅後形成的特殊形體。但是小龍認為△字應該釋為「散」字，因為「幾」字皆從戈，無一例從攴者；再者，「幾」字上部未見到寫作ㅌ形者：

> 我們認為釋屴、屴應釋為散字，主要有兩個原因。其一，雖然楚文字中戈、攴偏旁通用現象習見，但楚文字中，兩種形體的幾字皆從戈，無一例從攴者；而散字皆從攴，無一例從戈者，或是時人有意區別；其二，楚簡中㲋旁、豈旁上部有寫作ᵞ形者，而幾字上部未見到寫作ㅌ形者，也就是並未見過屴形幾字，釋屴字為散字更好。〔註40〕

小龍所提出的重點是：目前楚文字所見的「㲋」旁的字有寫成「ᵞ」形者以及「ㅌ」形者，但是「幾」旁的字未見有寫成「ㅌ」形者，屴、屴二字應為同一字的異體，他釋屴、屴為「散」字。

第三、林清源將簡1的屴字釋為「幾」而將屴字釋為「散」字，認為這兩字並非同一字的異體，也不同意這是「文字糅合」的現象：

> 「文字糅合」此說是指讀音相近且經常通假的甲、乙二字，如果甲字所從的某個部件與乙字所從的另一個部件形體相似，經過一段長時期的互動之後，二者的構形有可能會發生糅合交錯的現象，以致產生甲字卻搭配乙字部件的情形，或是乙字卻搭配甲字部件的情形。然而，「幾」、「散」二字上古音雖然同屬微部，但因聲母發音部位有牙音與唇音之隔，以致此二字罕見直接通假的例證，這兩個

〔註39〕小龍：〈也說「幾」、「（微—彳）」〉，http://www.gwz.fudan.edu.cn/SrcShow.asp?Src_ID=593，2009.01.02。

〔註40〕小龍：〈也說「幾」、「（微—彳）」〉，http://www.gwz.fudan.edu.cn/SrcShow.asp?Src_ID=593，2009.01.02。

字並不符合「讀音相近且經常通假」的條件，因而不宜引用文字糅合說來詮釋A（）、B（）二字的構形異同關係。〔註41〕

林清源進一步說明這兩字不是同一字的異體「關鍵在於過去對『幺』形部件與『彐』形部件的互動關係認識不足」，並對季師旭昇的意見出質疑：

> 「彐」形與「幺」形部件互作的現象，乍看之下，對於將A字釋為B字異體的說法，似乎提供了頗有助益的立論依據。然而，檢視季先生所舉的例證，只見「彐」形部件寫成「幺」形部件的例子，卻未見「幺」形部件寫成「彐」形部件的例子。隨後小龍先生即進一步指出，「敢」字所從的「彐」形部件雖可寫成「幺」形，但「幾」字所從的「幺」形部件皆不曾寫成「彐」形。這個有趣的文字構形演變現象，值得我們用心細細玩味。〔註42〕

林清源雖附和小龍對「彐」形與「幺」形部件的意見，但他更進一步提出「單向類化」的觀點，詮釋「彐」形部件常類化成「幺」形，而「幺」形部件卻未見類化成「彐」形的現象：

> 對於「彐」形與「幺」形部件的互動關係，筆者認為可改用構形類化的觀點來說明。一般而言，兩個形體相似的部件，經過一段長時期的互動之後，就有可能發生構形類化現象，而且其中使用頻率較高、組字能力較強的部件，通常會佔有較佳的競爭優勢，二者密切互動演變的結果，大多是罕用部件會類化成常用部件，無音義的不成文部件會類化成具有獨立音義的偏旁；相對而言，常用部件一般不會類化成罕用部件，具有獨立音義的偏旁一般不會類化成無音義的不成文部件（《楚國文字構形演變研究》）。此類構形演變現象，可以稱之為「單向類化」。〔註43〕

林清源舉「南」字為例說明「單向類化」現象，並認為「幺」形的使用頻率與組字能力，均明顯較「彐」形高出許多，所以「彐」形部件常類化成「幺」形，

〔註41〕林清源：〈上博簡《武王踐阼》「幾」、「微」二字考辨〉，http://www.bsm.org.cn/show_article.php?id=1155，2009.10.13。

〔註42〕林清源：〈上博簡《武王踐阼》「幾」、「微」二字考辨〉，http://www.bsm.org.cn/show_article.php?id=1155，2009.10.13。

〔註43〕林清源：〈上博簡《武王踐阼》「幾」、「微」二字考辨〉，http://www.bsm.org.cn/show_article.php?id=1155，2009.10.13。

而「幺」形部件卻未見類化成「彐」形：

> 文字構形「單向類化」現象，在出土文獻中屢見不鮮。例如「南」
> 字，甲骨文作🔲（《合集》13751 反），西周金文作🔲（《集成》2837
> 大盂鼎），上部象用以懸掛的繩索，下部象鐘鎛之類的敲擊樂器之
> 形；到了戰國楚簡，有些卻訛作🔲形（包山簡 2.38），下部象樂器
> 造型的不成文筆畫，類化成「羊」形部件。又如「兩」字，西周金
> 文作🔲（《集成》10164 囷皇父盤）、🔲（《集成》4141 囷皇父簋）
> 等形，構形理據待考，或說象車衡縛雙軛之形，到了戰國時期，有
> 些卻訛作🔲（包山簡 2.145）、🔲（《貨系》2475）等形，中間疑似
> 雙軛形的部件，也已類化成「羊」形部件了。相對來看，具有獨立
> 音義的「羊」旁，卻未見演變成樂器形或雙軛形之類的不成文筆
> 畫。
>
> 　「彐」形與「幺」形兩個部件相比，後者的使用頻率與組字能力，
> 均明顯較前者高出許多，擁有壓倒性的競爭優勢，以致「彐」形部件
> 常類化成「幺」形，而「幺」形部件卻未見類化成「彐」形。「彐」
> 形部件單向類化成「幺」形部件的現象，並非僅見於從「豈」或從
> 「兇」諸字而已，從「坓」之字也可看到類似的構形演變趨向。例如，
> 《上博三‧仲弓》簡 10 云：「惑（宥）怘（過）鬣（赦）皐（罪），則
> 民可（何）坓（懲）？」「坓」字上半原本是從「彐」形部件，〈仲弓〉
> 簡 10 卻寫作🔲形，所從「彐」形部件也已類化成「幺」形。[註44]

經由林清源以上的推論，他認為 A（🔲）、B（🔲）二字的 A 字有可能是「幾」
或「散」字，而 B 字應釋作「散」，不可能釋作「幾」：

> 《上博七‧武王踐阼》A、B 二字的構形，僅左上角部件寫法有
> 別，A 字作「幺」形，B 字作「彐」形，而這一點正是「幾」、「散」
> 二字最主要的區別特徵。就邏輯推論所需的前提條件來說，若要主
> 張 A、B 二字為同一個字的異體，就必須先證明左上角那兩個部件
> 可以雙向互作，亦即「彐」形部件可以訛寫成「幺」形，同時「幺」
> 形部件也可訛寫成「彐」形。如今，由古文字資料的現況來看，「幺」

〔註44〕林清源：〈上博簡《武王踐阼》「幾」、「微」二字考辨〉，http://www.bsm.org.cn/show_article.php?id=1155，2009.10.13。

形部件從未訛寫成「彐」形，此二部件只存在單向類化關係，因而
A、B 二字難以證實為一字之異體。

若由「單向類化」的觀點思考，既然「幺」形部件不會訛寫成
「彐」形，則原本就從「彐」形部件的 B 字，即可確定應釋作「散」，
不可能釋作「幾」。相對來看，原本應從「幺」形部件的 A 字，固然
最有可能為「幾」字，但因「彐」形部件可以訛寫成「幺」形，所
以 A 字也有可能是「散」字的變體，此一可能性暫時還無法徹底排
除。〔註45〕

後來林清源認為從《上博七‧武王踐阼》的簡文內容來看，A（）、B（）
二字右半部皆從殳旁，但在目前已知的出土資料中，「幾」字皆從戈旁，「散」
字皆從攴旁，這二字從未出現改從殳旁的例子。所以他又舉楚國「敗」字及《武
王踐阼》簡15的「敗」字（）為例，論證戈、攴和殳可以互換：〔註46〕

姑以楚國所見「敗」字為例，此字既可從攴旁作「」（包山簡
2.23），也可從殳旁作「」（《集成》12113 鄂君啟舟節），還可以從
戈旁作「」（信陽簡 1.029），足以證明攴、殳、戈三個偏旁皆可互
作。正因為這個緣故，不僅原本應從攴旁的「散」字有可能改從殳
旁（如 B 字），連原本應從戈旁的「幾」字也有可能改從殳旁（如 A
字）。再者，同樣出自《上博七‧武王踐阼》簡15 的「敗」字，其
所從攴旁也已替換為戈旁，可見此篇書手確實有攴、殳、戈三個偏
旁互作的習慣。〔註47〕

既然「幾」字可以從「殳」旁，那麼 A 字應釋「幾」或「散」字呢？林清源也
和季師旭昇一樣，將 A 字和簡 7 的 字加以比對，一致認為 A（）左旁和簡
7 字的右旁的部件一樣，所以認為 A 字即是「幾」字的異體：

在《上博七‧武王踐阼》篇中，既有簡 2 從「屵」旁的「散」字，

〔註45〕林清源：〈上博簡《武王踐阼》「幾」、「微」二字考辨〉，http://www.bsm.org.cn/show_
article.php?id=1155，2009.10.13。

〔註46〕秋貞案：有關本簡第15 簡的「」（敗）字，筆者懷疑寫該字的書手和寫 A（）、
B（）二字的書手不是同一人，所以不能以書手的習慣來證明。但是以這個「敗」
字的字形說明「攴、殳、戈三個偏旁互作」的例證，可從。

〔註47〕林清源：〈上博簡《武王踐阼》「幾」、「微」二字考辨〉，http://www.bsm.org.cn/show_
article.php?id=1155，2009.10.13。

又有簡 7 從幾旁的「機」字，此二者出現在同一篇文獻上。按照一般常理推想，兩個形體相似的單字或部件，若出現在同一份篇幅簡短的文獻上，此時書手應當會特別留意，設法將二者清楚區別開來，避免造成不必要的混淆。簡 7「機」字所從的「幾」旁，其形體與 A 字左半所從「![字形]」旁完全一致，足可證明後者左半部所從也是「幾」旁，同時也可據此推論 A 字即是「幾」字的異體。〔註48〕

季師旭昇把簡 1「![字形]」和簡 2 的「逾堂![字形]」及簡 7 的「為![字形]曰」這三個字加以比較，已經得出一個結論：![字形]字的左旁從「![字形]」形，正是和簡 7 的「![字形]」字的右旁同形，可以說是![字形]字左旁從「幾」省：

C（![字形]）形確實應該隸定為「機」字，（![字形]）其右旁明顯地是從「幾」省，這麼一來就造成「幾」和「岂」同形。〔註49〕

秋貞案：

筆者綜合上述的觀點，林清源認為簡 1 的![字形]字釋為「幾」而將簡 2![字形]字釋為「敳」字，我們可以說他對「幾」或「敳」字的字形比較得相當仔細，並且把很多學者的意見做了很精闢的分析，讓我們對這二字應該釋為何字，其實呼之欲出了。「幾」、「敳」這兩個字在形、音上都有相近之處。筆者認為簡 1![字形]的左旁從「幾」省，這一點確定的，而且和簡 2 的![字形]字左旁「![字形]」形，應是一字之異。

就字形上來分析，「幾」、「敳」字，甲骨、金文和戰國文字的變化情形如下：

（一）幾

	字形、文例
甲骨	未見。
金文	![字形]（师伯簋）![字形]（幾父壺）![字形]（幾父壺）
戰國	![字形]（詛楚文） ![字形]（牌406.5）、![字形]（郭·老甲·25）「其～也」、

〔註48〕林清源：〈上博簡《武王踐阼》「幾」、「微」二字考辨〉，http://www.bsm.org.cn/show_article.php?id=1155，2009.10.13。

〔註49〕季旭昇師：〈上博七芻議〉，http://www.guwenzi.com/SrcShow.asp?Src_ID=588，2009.01.01。

〔字形〕（郭‧老乙‧4）「相去～何」、〔字形〕（郭‧5‧48）「～而知之」	
〔字形〕（上二‧從甲‧8）「從政有七～」、〔字形〕（上二‧民1）「～俤君子，民之父母」	

《說文》「幾」：「微也。殆也。从絲、从戍。戍，兵守也。絲而兵守者，危也。」季師認為《金文形義通解》所言，指「幾」字是象戈斷繫於絲形繩索的人，很有見地。〔註50〕

（二）「散」

	字形、文例
甲骨	〔字形〕（陳23）、〔字形〕（商‧京都2146）、〔字形〕（周甲‧探46）
金文	〔字形〕（召尊）、〔字形〕（召卣）、〔字形〕（衛盉）、〔字形〕（牆盤）、〔字形〕（癲匕）、〔字形〕（癲盨）、〔字形〕（散盤）、〔字形〕（散盤）、〔字形〕（牧師父簋）、〔字形〕（牧師父簋）
戰國（散）	〔字形〕（秦‧石鼓文‧馬薦）〔字形〕（郭‧六38）「君子不帝（諦）明乎民～（萌）而已」〔字形〕（郭‧老甲15）、〔字形〕（郭‧唐虞17）〔字形〕（三晉‧三年□令戈）〔字形〕（上二‧容14）「而～（美）其行」〔字形〕（上二‧昔3）「～（美）廢惡」〔字形〕（九‧56.14）「～於卯」、〔字形〕（九‧56.16）「～於午」
戰國（兂）	〔字形〕（郭‧老乙4）「～（美）與惡」〔字形〕（上一‧孔16）「見其～（美）必欲反一本」〔字形〕（上一‧孔21）「文王吾～（美）之」

《說文》「散」：「妙也。从人、从攴、豈省聲。」季師認為《說文》「散」字不从「兂」是不對的，從文字的發展過程來看，「兂」字應是「散」之省。〔註51〕

我們從上表列可見「散」所從「〔字形〕」形（兂），在甲骨、金文時皆从「〔字形〕」形。在後來出土的戰國文字「散」字大部分所從的是「〔字形〕」形，秦系文字作其實寫作「〔字形〕」和「〔字形〕」旁無二無別，都是「兂」字。「幾」字在戰國楚系文字都寫作从「幾」省，像「〔字形〕」（上二‧從甲‧8）字的「幺」旁和「〔字形〕」形一樣，

〔註50〕季旭昇師《說文新證》上冊，台北：藝文印書館，2004年10月初版二刷，頁309。
〔註51〕季旭昇師《說文新證》下冊，台北：藝文印書館，2004年11月初版，頁5。

故筆畫快一點，很有可能和「」形訛混，於是簡 1和簡 2字可以看成是一個字的異體。

這種情形同樣出現在戰國的楚字「冕」（疑）字上，從出土的楚簡中有例：

（上一・從乙 3）「少（小）人藥（樂）則疑」

（上一・緇 2）「則君不疑其臣，臣不或（惑）於君」

（郭・語二 37）「北生於疑」

「疑」字的上部可以是「」形，也可以是「」形，除了這兩字形近的關係之外，還有字音的相近的關係，「矣」在上古音在匣紐之部，「疑」在疑紐之部，喉牙聲近而韻同，也容易訛混，於是形成一字之異體。

就聲韻上來分析「敗、「幾」兩字。上古音「幾」字屬見紐微部，「敗」在明紐微部。林清源認為「『幾』、『敗』二字上古音雖然同屬微部，但因聲母發音部位有牙音與脣音之隔，以致此二字罕見直接通假的例證」對於這點筆者也可以舉例說明牙音與脣音也有相通之例，例如：高亨《古字通假會典》【繆與膠】條〔註52〕「《戰國策・楚策四》：方將調鉛膠絲」吳《補注》：「一本標膠或作繆」；《管子・輕重乙》：「惟繆數為可耳」《通典・食貨十二》「引繆作膠」。「膠」上古音在見紐幽部，「繆」在明紐幽部，牙音與脣音也有通假的案例。

後來林清源也提出見紐和明紐相通之例，如「岡」和「網」：

> 若由上古音的聲韻關係來看，「敗」字屬明紐微部，「階」字屬見紐脂部，此二字韻部旁轉可通，其聲紐雖有脣音與牙音之隔，但明紐與見紐仍可通假往來，例如「岡」字從「網」得聲，「岡」字屬見紐，而「網」字則屬明紐；又如《郭店・老子甲》簡 25「其幾也」，今本作「其微也」，而「幾」、「微」二字即分屬見、明二紐。因此，若就語音關係考慮，「敗」字確實有可能讀為「階」。〔註53〕

再由於「幾」和「敗」在字音和字形上的相近，所以在文字發展的演進上產生「文字糅合」的現象。吳振武在《戰國文字中一種值得注意的構形方式》一文中提到的「文字糅合」的構形方式，並且預言這種情形會隨著出土文獻的

〔註52〕高亨：《古字通假會典》，齊魯書社，1997 年 7 月，頁 751。

〔註53〕林清源：〈上博簡《武王踐阼》「幾」、「微」二字考辨〉，http://www.bsm.org.cn/show_article.php?id=1155，2009.10.13。

出現而得到更多的例證。〔註54〕

除了之前述「」（上博四‧逸1）「戲（愷）俤君子，若玉若英」外，再例如「鬱」字。查季師《說文新證》，甲骨文「鬱」字（）（商‧前6.53.4）隸為「棼」，于省吾釋為「鬱」的初文，從「林」從「夸」，象林中有一人伏於地，另有一人正立於其背，被踏者心情鬱卒。所見最接近現在的「鬱」字是在睡虎地秦簡上的「」字，下部從「爵」省，上部從「棼」省聲。這種字形正是「爵」、「棼」文字糅合的構形方式。到漢印徵時為「」形，下部從「爵」省的地方又訛成「鬯」形。我們現在所見的《說文》小篆「」，上部從「棼」而稍訛，下部從漢印徵的字形，形成之前幾種形體的混合體。〔註55〕

再舉「對」字也有這種情形。甲骨文「對」字為「」（商‧甲740）從又從丵從土，會以手撲土之意。到西周金文在丵下加「丰」形成「」形（周早‧曆鼎），大概是指在闢地之後，以樹立地界，《詩經‧大雅‧皇矣》「帝作邦作對」，「作邦」和「作對」並列，可見和「邦」相近之意。到漢時有「」形（西漢‧縱橫家書289）的對字，從「止」從「討」，隸為「討」。這個字可能是西漢時特別用來當「應對」的「對」字，後來因為本來的「對」字仍沒有被取代，所以這個西漢時的新「對」字就只流行於當時一陣子。《說文》小篆「對」字為「」形，其實是「討」形和「對」形的糅合，其字形可以說是從口，對省聲。許慎《說文》的古文「對」字：「對或從土。漢文帝以為責對而為言，多非誠對，故去其口，以从土也。」「對」字實不從「士」而應從「土」，漢文帝下令把「口」形去掉，反而正合古文「對」字。〔註56〕

總之，從上面所舉的「鬱」和「對」字，我們都可以看到「文字糅合」的構形方式。現在我們也可以從簡1字，看到「幾」、「散」兩字的糅合。簡2「」雖寫成「散」形，但也因為「」和「」偏旁的訛混，仍可釋為「幾」。從這兩字的字音和字形上所作的推論，顯示「幺」形和「彐」形可以雙向互作，我們不否認「單向類化」也是文字發展演進的一種現象，但是在這一個例子中並不適用。「幺」形和「彐」形並沒有誰強誰弱或一個部件取代另一個部件的關係，

〔註54〕 吳振武：《戰國文字中一種值得注意的構形方式》，收錄在浙江大學漢語史研究中心、浙江大學古籍研究所編。

〔註55〕 季旭昇師《說文新證》上冊，藝文印書館，2004年10月初版二刷，頁431。

〔註56〕 季旭昇師《說文新證》上冊，藝文印書館，2004年10月初版二刷，頁158。

它們彼此都共同存在，沒有時間的先後差別，只能說因為形音俱近而產生的「文字糅合」的構形方式。簡1「」字和簡2「」都可釋為「幾」字，一字之異體。

這裡簡1「」字應讀為「豈」。補充程燕在〈「豈」、「幾」同源考〉一文中說明「豈」、「幾」二者古音相近，前者屬見紐脂部，後者屬溪紐脂部，兩者相通，古代文獻習見，出土文獻也有案例：

> 「幾」從「豈」，「幾」聲。「豈」、「幾」二者古音相近，前者屬見紐脂部，後者屬溪紐脂部。二者相通文獻習見，如《史記・黥布列傳》「人相，我當刑而王，幾是乎？」《集解》引徐廣曰「幾一作豈。」《索隱》：「《楚漢春秋》作豈。」《荀子・大略》「幾為知計哉。」楊注：「或曰：『幾讀為豈。』」《荀子・榮辱》：「幾不甚美矣哉？」楊注：「幾亦讀為豈。」《淮南子・氾論》：「天下豈有常法哉。」《文子・上義》「豈」作「幾」。
>
> 此二者相通之例不僅見於傳世文獻，還見於出土文獻。《詩・小雅・青蠅》「豈弟君子」尹灣漢簡《神烏賦》「豈」作「幾」。《詩・大雅・泂酌》「豈弟君子」上博楚竹書的《民之父母》、《曹沫之陳》「豈」皆作「幾」《戰國策・楚策四》「則豈楚之任也我。」漢帛書本「豈」作「幾」。〔註57〕

簡1的這一句「意喪……」為「意豈喪……」。「喪」字可對應今本「忽」字，而「意豈」應該對應今本「意亦」。故我們可以將釋為「衰亡」、「衰微、衰敗」、「微茫」、「微亡」、「忽」、「沒」等之意的八家排除，繼而討論其餘四家。這四家當中尤以林清源的意見甚為詳細，他認為讀為「意豈」是比較合理的，其用法應是「選擇連接詞」，而非「難道」之意，所以他認為復旦讀書會所舉有關「意豈」的例證，並不恰當：

> 復旦讀書會的見解，相對來看，顯得獨樹一幟，特別值得重視。他們提出如下三項主張：一、「意」字可讀作「抑」，意思相當於「或者」；二、A字應釋作「幾」，讀為「豈」；三、古書常見「意豈」之例，如《漢書・谷永傳》：「二者同日俱發，以丁寧陛下，厥咎不遠，

〔註57〕程燕：〈「豈」、「幾」同源考〉，《古研》26。

宜厚求諸身。意豈陛下志在閨門，未恤政事，不慎舉錯，婁失中與？」又如《全漢文》漢元帝《報貢禹》：「今未得久聞生之奇論也。而云欲退，意豈有所恨與？將在位者與生殊乎？」對於「意豈」一詞的含意，復旦讀書會未多作解釋。但由上文所舉兩個例證來看，漢代文獻所見的「意豈」一詞，似宜理解作「孰料」或「難道」，此處的「意」字並不讀為「抑」，不可訓解作「或者」，所以上文那兩個文獻例證並不恰當，無法證明簡文「意」字可訓解為「或者」。〔註58〕

筆者同意林清源的看法。我認為「『不知』……，『意豈』……」的句法，在古代漢語虛詞用法上並不陌生。它是一種連詞，表示選擇關係，可連接詞與詞、短語與短語、分句與分句，表示兩項之間，只能選擇其中一項。林清源亦提到：

今本〈武王踐阼〉的「意亦」二字，筆者認為應當連讀成為一個詞。古書所見「意亦」一詞，多置於並列疑問句的中間，當作連詞性的複式虛詞使用，表示要從並列疑問句做出選擇之意。〔註59〕

筆者認為「意豈」相當於「抑豈」。「意」字屬影紐職部，「抑」字屬影紐質部，二字上古聲同韻近。林清源引《左傳》的例證，說明了「抑豈」當作並列疑問句的連詞使用，同樣表示在並列疑問句選擇之意：

《左傳·成公二年》云：「夫齊，甥舅之國也，而大師之後也。寧不亦淫從其欲，以怒叔父？抑豈不可諫誨？」沈玉成先生的《左傳譯文》語譯如下：「齊，和我們是甥舅之國，而且是姜太公的後代，〔叔父攻打它，〕難道是它放縱了私慾以激怒了叔父，還是已經不可勸諫教誨了呢？」此處「抑豈」二字連讀成詞，當作並列疑問句的連詞使用，同樣表示在並列疑問句選擇之意。〔註60〕

許世瑛《常用虛字用法淺釋》中談到「抑」是個關係詞，用在抉擇問句中的第二小句上頭，和白話的「還是」相當。例如《孟子·滕文公》：「仲子所居之室，伯夷之所築與？抑亦盜跖之所築與？」白話翻為「陳仲子住的房子，是

〔註58〕 林清源：〈上博簡《武王踐阼》「幾」、「微」二字考辨〉，http://www.bsm.org.cn/show_article.php?id=1155，2009.10.13。

〔註59〕 林清源：〈上博簡《武王踐阼》「幾」、「微」二字考辨〉，http://www.bsm.org.cn/show_article.php?id=1155，2009.10.13。

〔註60〕 林清源：〈上博簡《武王踐阼》「幾」、「微」二字考辨〉，http://www.bsm.org.cn/show_article.php?id=1155，2009.10.13。

伯夷造的呢？還是盜跖造的呢？」〔註61〕「抑」字下加一「亦」字，只是使句字多一個音節，使語氣跌宕有致而已。本簡「意豈」即「抑豈」，和「抑亦」都當選擇連詞使用，和今本「意亦」可通。

所以簡1的 🔲 字應釋為「幾」，讀為「豈」，「意幾」二字，應讀作「意豈」，當並列疑問句的選擇連詞使用。本句的「意」字屬下讀，前一句的「『不知』黃帝、顓頊、堯、舜之道『存』乎？」和這一句的「『意豈』『喪』不可得而睹乎？」兩句並列比較，可見「『不知』……，『意豈』……」的選擇連詞的句法；而「……『存』……，……『喪』……」「存」是「存在」；「喪」是「亡」，即是「消失」之意，也正好以單字相對。而簡本的「意豈喪」對照今本的「意亦忽」正好有語義上的對應。林清源也提出同樣的看法：

> 上博本簡1作「不知黃帝、顓頊、堯、舜之道存乎？意幾喪不可得而睹乎？」，而今本則作「黃帝、顓頊之道存乎？意亦忽不可得見與？」這兩種版本對勘可知，上引那段文字是由兩個並列的疑問句所構成，而且上博本的「意幾喪」即相當於今本的「意亦忽」。在這一組版本異文中，「喪」、「忽」二字所處的語法位置相同，其語義應當會有某種形態的聯繫。今本的「忽」字，宜從俞樾《群經平議‧大戴禮記一》訓作「滅」（《故訓匯纂》，頁365「喪」字條）。上博本的「喪」字，同樣也可訓作「滅」、「亡」或「失」。「喪」、「忽」二字義近，其語義均與上文「存」字相反，可與「存」字構成對文修辭關係。既然上博本的「意幾喪」相當於今本的「意亦忽」，而「喪」、「忽」二字的語義又可以對應，據此即可推論得知，「意幾」與「意亦」可能也具有語義對應關係。〔註62〕

最後，筆者認為把簡本的「『不知』黃帝、顓頊、堯、舜之道『存』乎？『意豈』『喪』不可得而睹乎？」如果翻譯成「『不知』黃帝、顓頊、堯、舜的道統還『存在』嗎？『還是』『消失』不可見到了呢？」應該是很通順的。

〔3〕喪

　　楚簡字形為 🔲，原考釋者釋為「喪」，「微喪」指「衰亡」。

〔註61〕許世瑛：《常用虛字用法淺釋》，復興書局，1963年4月初版，頁361。
〔註62〕林清源：〈上博簡《武王踐阼》「幾」、「微」二字考辨〉，http://www.bsm.org.cn/show_article.php?id=1155，2009.10.13。

廖名春認為 隸為「峀」：

「峀」，「喪」字之省文。《說文》：「喪，亡也。从哭、从亡，會意，亡亦聲。」如此說，「喪」當為從亡，從哭省。

陳偉在〈讀《武王踐阼》小札〉一文中表示　讀「茫」較好：

整理者釋讀當是，與後字連讀為「微茫」，隱約暗昧之意。《抱樸子‧袪惑》：「此妄語乃爾，而人猶有不覺其虛者，況其微茫欺誑，頗因事類之象似者而加益之，非至明者，倉卒安能辨哉！」今本作「意亦忽不可得見與」，意義相近。〔註63〕

季師旭昇在〈上博七芻議〉文中認為此字讀為「喪」較好：

「喪」字讀「喪」比讀「茫」在句式上更為整齊，因為「喪」與「存」對舉。〔註64〕

高佑仁在〈也談《武王踐阼》簡 1 之「微喪」〉文中認為　字可直接讀為「亡」字即可，並舉出古代文獻中有「微亡」而無「微喪」的例子加以證明：

「微喪」原考釋者解釋成「衰亡」，我認為不如將「微喪」直接讀作「微亡」，「喪」字作「」，字從「亡」聲，聲韻通假沒有問題，《武王踐阼》簡 4「息勝義則亡」，「亡」字作「」，原考釋者讀作「喪」訓作「亡」，不免曲折，該字今本〈武王踐阼〉正對應「亡」字，直接讀作「亡」即可。「微喪」一詞筆者在古籍中未見用例，但「微亡」則見《逸周書‧周祝》，其云：「彼萬物必有常，國君而無道以微亡」，此處指政權之式微滅亡，反觀〈武王踐阼〉指的是古代聖賢之道德言論「式微散亡」而不可考。

「不知黃帝、顓頊、堯、舜之道存乎？意微亡不可得而睹乎？」，前曰「存」，後曰「亡」，二字正可對比，這種用法見《郭店‧成之聞之》簡 4～5：「亡乎其身，而存乎其詞」。〔註65〕

宋華強在〈《武王踐阼》「微忽」試解〉〔註66〕文中把「峀」字釋為「忽」：

〔註63〕陳偉：〈讀《武王踐阼》小札〉，http://www.bsm.org.cn/show_article.php?id=916，2008.12.31。

〔註64〕季旭昇師：〈上博七芻議〉，網址：http://www.guwenzi.com/SrcShow.asp?Src_ID=588，2009.01.01。

〔註65〕高佑仁：〈也談《武王踐阼》簡 1 之「微喪」〉，http://www.gwz.fudan.edu.cn/SrcShow.asp?Src_ID=652，2009.01.13。

〔註66〕宋華強：〈《武王踐阼》「微忽」試解〉，http://www.bsm.org.cn/show_article.php?id=1109

「岦」字作：與楚簡「喪」字各種繁簡寫法皆有異，（參看

李守奎《楚文字編》頁 79。李守奎、曲冰、孫偉龍編著《上海博物館藏戰國楚

竹書（一～五）文字編》頁 66）釋「喪」可疑。《上博六·孔子見季桓

子》25 號有字作：

整理者亦逕釋為「喪」。（馬承源主編《上海博物館藏戰國楚竹書（六）》

2007 年，頁 223）陳劍先生則隸定為「器」，〔註67〕較為客觀。「岦」

當是「器」字省體，與「嚚」字或省作「䚵」（見《說文》）同例。

後世字書有「𠸄」字，《方言》卷十：「沅澧之間，凡相問而不知，

答曰諜；使之而不肯，答曰𠸄。」郭璞注云：「音茫。」當是從「口」、

「亡」聲。「器」、「岦」可能都是「𠸄」字的異體，與「㗊」或作

「叫」（見《說文》）同例。

宋華強提出「岦」和「忽」有聲韻的關係，釋為「微忽」，有「難察」、「不可察」

之意，較「喪」、「沒」更好：

> 「散岦」與傳世本「忽」相當，疑可讀為「微忽」。「岦」屬明母
> 陽部，「忽」屬曉母物部，聲母方面明、曉二母關係密切，〔註68〕如
> 「忽」的聲符「勿」就屬明母；韻部方面「勿」與陽部字「网」可
> 以相通。（《古字通假會典》頁 320、928）故「岦」可讀為「忽」，正與今
> 本對應。「微」與「忽」同義，古書有「微忽」之語，如《大戴禮記·
> 文王官人》「微忽之言久而可復」，盧辯注：「謂微細及忽然之語。」
> 俞樾《大戴禮記平議》云：（方向東《大戴禮記匯校集解》頁 1064）

>> 「忽」亦「微」也。《孫子算經》曰：「蠶所吐絲為忽，十忽為
>> 秒。」是「忽」乃一絲之名，物之至微者。字亦作「緫」，《廣雅·釋
>> 詁》曰：「緫，微也。」曹憲音「忽」，是「緫」即「忽」也。《漢書·
>> 律曆志》曰：「無有忽微。」此云「微忽」，猶彼云「忽微」，二字一
>> 義，盧注失之。

#_ftnref15，2009.07.07。

〔註67〕見陳劍：《〈上博（六）·孔子見季桓子〉重編新釋》，復旦大學出土文獻與古文字研
究中心網，2008.03.22。

〔註68〕見徐莉莉：《論中古「明」「曉」二母在上古的關係》，《華東師範大學學報（哲學社
會科學版）》1992 年第 6 期。

俞樾《古書疑義舉例》七十七「兩字一義而誤解例」亦有考辨（中華書局 2005 頁 141）。《漢書‧律曆志》顏師古注引孟康曰：「忽微，若有若無，細於髮者也。謂正聲無有殘分也。」簡文「微忽」當即《文王官人》「微忽」，指事物微細難辨的性質。《春秋繁露‧官制象天》：「人之與天多此類者，而皆微忽，不可不察也。」「微忽」者難察，故簡文云「微忽不可得而睹乎」。既問存乎，又問或雖存而微忽難睹乎，其辭氣似較「喪」、「沒」更為順適。

秋貞案：

本楚簡〈武王踐阼〉篇一共出現了三個「喪」字，簡 1「 」、簡 4「 」、簡 14「 」，這三個「喪」字可一併討論。很明顯地，簡 1 和簡 4 的字形是一樣的，簡 14「 」的「喪」字形有些漫漶。簡 1 和簡 4 的字形在目前的楚簡都沒有出現過。學者對此字討論甚多。依發表時間先後表列如下：

	發表人	內　容
1	原考釋	釋為「喪」，但是沒有字形的說明。
2	廖名春	根據《說文》認為此字從「亡」從「哭」省。
3	陳偉	可讀為「茫」。「微茫」，隱約暗昧之意。
4	季旭昇	讀「喪」比讀「茫」好，因為「喪」與「存」對舉。
5	高佑仁	從文獻上的對勘及聲韻上，認為此字釋為「亡」即可。
6	宋華強	對字形上的討論比較詳細，他認為目前所見的楚字的「喪」字繁簡不一，他認同陳劍先生的說法，而認為目前簡 1 的「 」字，應隸為「峃」，是「囂」字的省體。

先看簡 14 的字形「　」，因為在《上博三‧周》簡 32.8「 」出現，應隸為「坴」，釋為「喪」和簡 14 的「喪」字相類，故簡 14 的字確釋為「喪」。

而簡 1「　」、簡 4「　」的字形可否釋為「喪」，則在以下討論。以下表列「喪」字從甲骨文、金文、戰國文字的分析：

字　形
甲骨 （粹 470）　（存 1.1013）　（佚 487）　（京 2155）、　（寧 3.43） （南明 191）　（甲 1099）　（後下 352）
金文 （墻盤）　（旂作父戊鼎）「弗敢喪」 （毛公厝鼎）　（洹子孟姜壺）　（量侯簋）

	（喪史宜銗） （南彊鉦） （易鼎）「弗敢喪」（从龇） （井人妄鐘） （瘝鐘）
戰國	（郭店・語・98）「～仁之端也」，此字可隸作「喪」。 以下均隸作「喪」〔註69〕： （郭店・老丙8）「～事上右」 （郭店・老丙9）「言以～禮居之也」 （郭店・老丙10）「戰勝則以～禮居之也」 （郭店・性67）「居喪必有夫漣漣之哀」 （上二・民9） （上二・民13） （上二・民14）「無服之～也」。

《說文》「喪」，小篆「　」：「亡也，從哭，從亡會意，亡亦聲。」

參看季師《說文新證》，「喪」的甲骨　（商・粹470），和「咢」字同形。甲骨文的「口」形是分化符號，金文　（西周中・墻盤），「桑」聲，從「走」，會有「亡失」之意。其後「桑」形訛變，失去表音功能，故加「亡」聲。〔註70〕徐中舒《甲骨文字典》，「喪」字從「　」從數「口」。「　」像桑樹，「口」像採桑之器。本義為採桑，借為喪亡之「喪」。〔註71〕「喪」字在戰國楚文字有很多異體。看《楚系簡帛文字編》第126頁「喪」字有的上部從「喪」省聲，下部有的從「亡」或從「死」。

「喪」和「亡」在字形上可不可通用？我們可以看《上博二・民之父母》的「亡」字和「喪」字。以「無服之喪」一句為例，寫法如下：

簡　號	無服之喪
簡6	「　服之　」
簡7	「　服之　」
簡9	「無服之　」
簡11	「　服之　」

〔註69〕參看滕任生《楚系簡帛文字編》，頁126。
〔註70〕季旭昇師《說文新證》上冊，藝文印書館，2004年10月初版二刷，頁94～95。
〔註71〕徐中舒《甲骨文字典》，四川辭書出版社，1990年9月，頁123。

簡12	「 服之 」
簡13	「 服之 」
簡14	「 服之 」

「亡」字作「 」形，讀「無」。《說文》「亡」：「逃也，從入，從乚。凡亡之屬皆從亡。」在楚簡裡「亡」字通「無」字的例子最多，[註72] 再看《王力古漢語字典》「亡」字條，他引段玉裁的說法「孝子不忍死其親，但疑親之出亡耳。」，認為「亡」的本義是「逃亡」，非「死」：

> 「亡」的本義是逃亡，不是死。《史記‧陳涉世家》：「今亡亦死」可見「亡」與「死」不同義。古人諱死，因此以死為逃亡。「亡」是死的委婉語。《說文》亡字，段玉裁注：「孝子不忍死其親，但疑親之出亡耳。」段氏的話是對的。[註73]

但楚文字「亡」的寫法大部分都如「 」（上博三‧周32.17）形，可以參看滕任生《楚系簡帛文字編》的「亡」字條。[註74] 而《上博二‧民之父母》的「亡」字寫法很特別，均作「 」形，此形和簡1的「 」字上半部一樣，但是否就此認為它可以釋為「亡」？

再比較《上博二‧民之父母》簡6、7、11、12的「喪」字，它們的寫法一樣，隸作「桑」，都是假借「桑」為「喪」。而簡9、簡13、簡14的「喪」字寫法比較接近，下半部都從「死」，而上半部可能從「桑」省或從「亡」，《上博二‧民之父母》的原考釋者濮茅左認為第9簡的「喪」從九（桑省）、從死，作「 」；第13簡或從桑省（復益「亡」）、從死，作「 」。兩種不同形體：

> 「桑」，從四口，或以為從靈省，從桑聲，即「喪」字異體。《儀禮‧士喪禮》「醫笄用桑」，鄭玄注：『桑之為言喪也』賈公彥疏：『桑之為言喪也者，為喪所用，故用桑以聲名之』⋯⋯本篇「喪」字，或借音近之「葬」，從九（桑省）、從死，作「 」（第九簡）；或從桑

〔註72〕滕任生：《楚系簡帛文字編》，武漢：湖北教育出版社，2008年10月第一次印刷，頁1065～1069。

〔註73〕王力：《王力古漢語字典》，北京：中華書局，2007年6月第6次印刷，頁12。

〔註74〕滕任生：《楚系簡帛文字編》，武漢：湖北教育出版社，2008年10月第一次印刷，頁1065～1069。

省（復益「亡」）、從死，作「」（簡十三）。〔註75〕

「喪」字雖從「亡」聲，在聲韻上和「亡」通假雖沒有問題，但是《上博二‧民之父母》這一篇的書手將「亡」和「喪」寫成不同的兩種形體，正說明他刻意作區別，所以作「」形，應該釋為「亡」讀為「無」，而寫成「」形或「」形，才釋為「喪」。

《上博七‧武王踐阼》簡1「」字的寫法特別，在於上半部和《上博二‧民之父母》的書手一樣的「」形，然後在下半部加上兩個「口」形。筆者推論這個字應釋為「喪」。至於為何「喪」字的上部可以寫成「」形？筆者推論兩種形成的可能原因：

甲、首先看「」（上博二‧民14.1）的這個字形，上半部的「桑」簡省得很厲害，只寫成「」，把很多「口」形都省掉，右上的「口」形也只是「」一筆代過。如今簡本〈武王踐阼〉篇簡1「　　」上半部正是「」形省去「」而留下「」形的結果，而「」形與「亡」字變得不太一樣。

乙、另一個可能是「」形，如果寫快一點，形成連筆，也會可能產生「」形，而成為《上博二‧民之父母》的「亡」字，如此一來，簡1「　　」即是從「亡」從兩「口」形，而這兩「口」形正為了有別於「亡」字，如《上博六‧孔子見季桓子》25號的「」字，從四「口」也應該與「亡」字不同，原考釋者釋為「喪」，雖有的學者讀為「㟃」，但也是與「亡」字有別。

再如《上博五‧弟子問》簡4「」、簡7「」的兩個「喪」字，比較接近本簡的「　　」字形，因為以上所述的兩種推論，而筆畫簡省上面的「中」形，並將「」形寫快一點，形成連筆，也會可能產生「」形。如此一來，「　　」即是「桑」字的減省，而不是「亡」，故「」形可以寫作「　　」形，都釋為「喪」。

我們也可以說「」形和「」形是一字異體，釋為「亡」。而「喪」字會呈現「」、「」形或加口形的「」或加「」形，故簡1「　　」、簡4「」的兩字，可釋為「喪」，從這裡我們也可以了解當時楚文字的「喪」字異體很多。

〔註75〕馬承源主編：《上海博物館藏戰國楚竹書（二）》，上海古籍出版社，2002年，頁163。

從字義上比對甲、乙本相類的句子。簡 4 的一句「怠勝義則喪（）」（屬甲本），和簡 14 一句「欲勝志則喪（）」（屬乙本），因甲乙本是不同書手，所以字形不同，其文句雖有「怠勝義」、「欲勝志」之別，但於文意上是一致的，這兩字均為讀「喪」字是為了諧韻。〔註 76〕所以簡 1「」字雖有「亡」聲，有釋為「亡」的可能，但還是以釋「喪」，為引申義「喪失」為佳。

〔4〕註

楚簡上的字形為「」，原考釋者隸為「註」，讀作「睹」：

> 「註」，從言，土聲。與「睹」韻部同，可通。「睹」，見也。

廖名春隸為「註」，釋為「觀」，「觀」、「見」義同：

> 「註」，今本作「見」。案「註」為「觀」字之借字。「註」從言土聲，與「觀」音近，故「觀」可寫作「註」。「觀」、「見」義同，故可通用。

秋貞案：

字釋為「睹」，即「觀」，是「見」之意，可從。

2. 整句釋義

還是喪失，不可能再見到了呢？

(四) 帀上父曰：「才丹箸〔1〕」

1. 字詞考釋

〔1〕才丹箸

原考釋者釋「丹箸」為「丹書」，為天子之詔，亦稱丹詔，古策府之遺典：

> 「丹書」，謂天子之詔，亦稱丹詔，古策府之遺典。或古以頒賜功臣之符契，得以傳之免罪者，有丹書鐵券，文以丹書，券以鐵製，故名。此為前者。

廖名春亦釋「箸」字為「書」，並認為郭店楚簡的「箸」字即是借「書」字為之：

> 「箸」，今本作「書」。《說文》：「書，箸也。從聿，者聲。」

〔註76〕秋貞案：〈武王踐阼〉簡 4「怠勝義則喪，義勝怠則長」，「喪」、「長」諧韻。〈武王踐阼〉簡 14「志勝欲則昌，欲勝志則喪」，「昌」、「喪」諧韻。

‧60‧

「箸……从竹，者聲。」兩者皆從「者」得聲。故可通用。郭店楚
簡「箸」3見，皆與《詩》、《禮》、《樂》等並稱，可見係「書」之
借字無疑。

讀書會認為「丹書」應指傳說中赤雀所銜的瑞書：

> 丹書，整理者解釋為「天子之詔」，恐不確。丹書應指傳說中赤
> 雀所銜的瑞書。《呂氏春秋・應同》：「及文王之時，天先見火，赤
> 鳥銜丹書集於周社。」《史記・周本紀》「生昌，有聖瑞」，張守節
> 正義引《尚書帝命驗》：「季秋之月甲子，赤爵銜丹書入於酆，止於
> 昌戶。其書云：『敬勝怠者吉，怠勝敬者滅……以不仁得之，不仁
> 守之，不及其世。』」

秋貞案：

「丹書」應是指瑞書而言。在古代有很多類似的傳說如《六藝論》上言瑞
命之事：「湯登堯臺見黑鳥至；武王渡河白魚躍；文王赤雀止於戶；秦穆公白雀
集於車。」在簡本上的「丹書」相傳是周文王時，由一隻赤雀所銜而來的祥瑞
之書，丹書的內容和治國方略有關。

「在丹書。」一句的第一字「才」（在）於第2簡的第一字，字形「　　　」
這一字實在殘缺得很嚴重。因為現今傳世本是「在」字，所以我們都以「在」
字解讀。但是筆者比對這一殘字和簡1的「在」　，字形上並不契合，直覺是
不同的兩個字。如果將簡2的「在丹書」幾字呈現出來（如下），將更清楚看出
殘字的大小。

（簡2「在丹書」），將「在」可能的大小復原 　　

本簡全篇只出現過兩個「在」字，將殘字和簡1「在」　字比對明顯不類
以外，另舉其他「在」字的不同楚文字形加以比對：（其他不相關的字以寬式隸
定）

字　形	文　例
（郭店・六24）	觀諸詩、書則亦在矣
（郭店・緇37）	昔在上帝

𠀐（郭店‧老甲4）	其在民上也
中（上二‧魯2）	之何在
𠃲（上二‧民8）	善哉

　　我們看到出現過的「才」（在）字都和 [　] 不類，依據殘字的筆畫，「才」
（在）字不可能在左下一撇及下方一橫。至於 [　] 字應該是什麼字？

　　筆者以「於」字和此字形比對，例如簡9「於」字（ ）其左下的部分很
類似，若將本殘字復原後應如「 」，故於字形比對上來看可以是「於」字。
「於」字於義可通嗎？其實「於」字作「介詞」所在多有。

　　「於」字做為介詞用，與「于」混用無別，其實是有一段演變過程的。學
者多指出：甲骨文、西周金文有「于」無「於」，經典多用「于」，傳則多「于」、
「於」混用。從出土文字材料來看，戰國以前不太可能有介詞「於」字。

　　「於」字甲骨文未見，最早見西周早期沈子也簋，與「烏」同字。季師旭
昇《說文新證》列舉「烏」字字形甚為詳細，茲引於下：

1 周早‧沈子也簋	2 周晚‧毛公㡌鼎	3 春‧余義鐘	4 春中晚‧輪鎛
5 春戰‧晉‧侯馬 85.22	6 戰齊‧陶彙 3.652	7 戰晉‧璽彙 2461	8 戰晉‧璽彙 2346
9 戰晉‧古幣 158	10 戰晉‧古幣 158	11 戰晉‧古幣 158	12 戰晉‧古幣 158
13 戰楚‧鄂君啟舟節	14 戰楚‧信陽楚簡	15 戰楚‧郭‧語四 24	16 戰楚‧郭‧唐 8
17 戰楚‧上博一‧詩 21	18 戰楚‧郭‧語一 33	19 戰楚‧郭‧語二 5	20 秦‧睡 14.76
21 秦‧秦陶 1267	22 秦‧兩詔橢量	23 西漢‧春秋事語 19	24 西漢‧流沙簡 18.4

烏	烏		
25 西漢·尹灣·神烏賦	26 漢·嘉祥畫象石		

《說文·卷四上》:「烏，孝鳥也。象形。孔子曰:『烏，盱呼也。』取其助气，故以為烏呼。凡烏之屬皆从烏。（哀都切）羅:古文烏，象形。㸐:象古文烏省。」孫詒讓《名原》以為「上為開口盱呼形」，可從。〔註77〕其後，因為用為歎詞，於是字形漸漸區分，「烏」多作鳥名用，「於」多作歎詞用。戰國以後又用為介詞，與「于」混用無別。由上引字表來看，「於」和「烏」開始分化，是從春秋時代開始的，春秋之前應該不會有介詞「於」這個字形。

戰國文本「于」、「於」混用無別，如《左傳》，這與出土文字材料是吻合的。《上博七·武王踐阼》簡 1「武王問於師尚父」、簡 5「不仁以得之，不仁以守之，及於身」，都是把「於」當介詞的用例。

至於本句「師尚父曰於丹書」的「於」字，今本作「在」。介詞義的「於」本多義同「在」。《呂氏春秋·期賢》:「衛有士十人於吾所」高誘注:「於，猶在也」。《易繫辭傳》曰:「易之興也，其於中古乎?」《經傳釋詞》卷一:「於，猶在也」。《禮記·曲禮》曰:「於外曰公，於其國曰君」的「於」字也釋為「在」。〔註78〕《上博七·武王踐阼》簡 5～6「為銘於席之四端」句中的「於」即釋為「在」，因此把 ▢ 字隸為「於」字應該是合理的。

2. 整句釋義

師上父說:「在丹書。」

（五）王女谷〔1〕竉〔2〕之，盍〔3〕醠〔4〕虗?牲己箸見〔5〕

1. 字詞考釋

〔1〕女谷

「女谷」的字形為「女谷」，原考釋者釋為「如欲」，即是「如果想要……」之意。今本只有「欲」沒有「如」字:

　　　「王如欲觀之，盍齋乎?將以書見」。此句今本作「王欲聞之，

〔註77〕季旭昇師:《說文新證》上冊，藝文印書館，2004 年 10 月初版二刷，頁 299～300。
〔註78〕宗福邦、陳世鐃、蕭海波主編《故訓匯纂》上冊，商務印書館，2007 年 9 月，頁 1852。

則齊矣」。

復旦讀書會也釋為「如欲」，和原考釋者同。

廖名春將簡 2 的「女谷」兩字，少看了一個「谷」，以為簡本是「王女霜
之……」，所以將「女」字釋為「欲」之意：

> 「女」，今本作「欲」。「女」讀為「如」，郭店楚簡習見，如《性
> 自命出》第 24 簡，《六德》第 6、10 簡，《語叢四》第 25 簡。「如」、
> 「欲」義近，故可通用。王引之《經傳釋詞》卷七：「如，猶將也。
> 宣十二年《左傳》曰：『由喜而憂，如猶憂而喜乎？』言憂喜各因其
> 事，若有喜而憂，則亦將有憂而喜乎？《漢書‧翟義傳》：『義部掾
> 夏恢等，收縛宛令劉立，傳送鄧獄。恢白義，可因隨後行縣送鄧。
> 義曰：欲令都尉自送，則如勿收邪？』言汝欲令都尉自送，則將勿
> 收邪。又《孟子‧公孫丑》篇：『寡人如就見者也。』『如』字亦與
> 『將』同義。」（王引之《經傳釋詞》頁 148）「欲」義亦為「將」，故今
> 本之「欲」，楚簡作「女（如）」。

何有祖在〈上博簡《武王踐阼》初讀〉文中對廖名春先生的看法，以為可
能是廖先生筆誤：

> 「王女（欲）觀之」，初以為是排版之誤，但看到廖文中另提及
> 作「王欲觀之」，我們猜想也許是受《大戴禮記‧武王踐阼》「王欲
> 聞之」的影響，當然也很可能是筆誤。我們認為此處應有 5 字，即
> 「王女谷觀之」，讀作「王女（如）谷（欲）觀之」。〔註79〕

秋貞案：

簡本上「女谷」兩字應釋為「如欲」，原考釋可從，而廖名春應為筆誤。

〔2〕雚

簡 2「」，原考釋者隸為「雚」，復旦讀書會隸為「觀」，釋為「觀」。

廖名春隸為「雚」，讀為「觀」，今本《大戴禮記》作「王欲聞之」，他認為
「觀」與「聞」異中有同，但楚簡的「觀」比今本「聞」字用得好：

> 「雚」，今本作「聞」。「雚」字從「宀」從「瞿」。疑從「瞿」

〔註79〕何有祖：〈上博簡《武王踐阼》初讀〉，http://www.bsm.org.cn/show_article.php?id=
756，2007.12.03。

實為從「瞿」。其字當隸定為「雚」，讀為「觀」。郭店楚簡「雚」字
3 見。《性自命出》篇第 17 簡有一，第 25 簡有二，皆讀為「觀」。
「觀」與「聞」，異中有同。

　　楚簡「觀」字今本作「聞」。從上文看，楚簡作「觀」。而今本作
「聞」皆有理據。楚簡前言「在丹書」，既是「書」，自然當作「觀」。
而今本作「聞」字則照應了下文的「師尚父西面道書之言」。但比較
之下，楚簡「觀」字更好，當為原始記載。

　　程燕以為簡 4 的「」字，〔註80〕和簡 5 的「」比對，認為「竉」可分
析為從「宀」、「瞿」聲，疑讀作「䀠」：

　　　　上博簡「觀」字或作：

上博二·子 11	上博三·周 24	上博四·曹 34
上博五·鮑 2	上博六·競 9	上博四·內 10

　　以上形體所從「雚」與上博七簡四「竉」下部所從完全不同，故
復旦讀書會所釋仍有可商之處。

　　本篇五號簡還有一字作：

　　復旦讀書會認為此字：「從『人』，從『心』，從『䀠』，當隸定
為『儠』。當然也可能有借筆的情況，即左邊從『見（下部立人形）』，
其上『目』形借用右邊『思』所從一『目』形。後一種分析似於義
為長，不過為書寫方便計，暫時還隸定作『儠』。」按，「見」旁與
「目」旁古文字中常義近互換，例不贅舉。故此字可能就是從「心」，
「䀠」聲的字，即「思（懼）」。

　　不難看出，簡四「竉」所從偏旁與上揭「思」字所從有相似之處。
因此簡四「竉」可分析為從「宀」、「瞿」聲，疑讀作「䀠」。《說文》：
「䀠，左右視也。從二目。讀若拘。又若良士瞿瞿。」〔註81〕

<hr>

〔註80〕秋貞案：程燕先生有誤，此字應在簡 2。
〔註81〕程燕：〈上博七《武王踐阼》考釋二則〉，http://www.gwz.fudan.edu.cn/SrcShow.asp?
　　　Src_ID=607，2009.01.03。

秋貞案：

歸納諸家對這個字的解讀義為二種，一為「觀」，二為「瞿」，筆者認為此字應釋為「觀」。

首先看「瞿」字，徐鍇《說文繫傳》：「鷹隼視也，從隹䀠亦聲，凡瞿之屬皆從瞿，讀若章句之句，又音衢，臣鍇曰，驚視也，禮曰，見似目瞿」〔註82〕和大徐本《說文》的「瞿」義有所不同，「䀠」：「左右視也从二目。」。「䀠」即為「瞿」，段玉裁注：「凡詩齊風、唐風，禮記檀弓、曾子問、雜記、玉藻或言瞿，或言瞿瞿，蓋皆䀠之假借，瞿行而䀠廢矣。」故「䀠」已被「瞿」所取代。

在古代文獻中如何解釋「瞿瞿」呢？《詩‧唐風‧蟋蟀》：「良士瞿瞿」之意，《毛傳》：「瞿瞿然，顧禮義也。」孔穎達疏：「瞿瞿，皆謂治身儉約，故能樂道顧禮也。」《爾雅‧釋訓》：王先謙《詩三家義集疏》引魯說曰：「瞿瞿、休休，儉也。」邢昺疏引李巡曰：「《爾雅‧釋訓》『瞿瞿、休休，儉也。』瞿瞿、休休，皆良士顧禮節之儉也。」《禮記‧檀弓》上：「瞿瞿如有求而弗得」孔穎達疏：「瞿瞿，眼目速瞻之貌。」《禮記‧玉藻》：「視容瞿瞿梅梅」孔穎達疏：「瞿瞿，驚遽之貌。」〔註83〕故「瞿瞿」似作形容詞。

廖名春和程燕均隸為「䀠」，但是兩人對此字的解讀不同。廖名春仍是讀為「觀」，程燕釋讀為「䀠」。本句「王女谷䀠之」的「䀠」後加一「之」字，可見「䀠」應該是述詞，後面加一賓語較好，故不能作「䀠」（瞿）。但如此能證明「䀠」字可以讀為「觀」嗎？

「觀」，《說文》：「觀，諦視也，從見雚聲」。楚文字中不見「」形的「觀」字，皆是從「見」從「雈」（雈）。

（包二 185），（望一 174）

（郭‧緇 37），（上博一‧孔 3）

「　」形可以看成從「見」從「䀠」，原考釋所隸「䀠」可從。「見」字的「目」形和「䀠」左邊的目形正好共用。「䀠」形當和「雈」（雈）同形，「雈」

〔註82〕〔宋〕徐鍇《說文解字徐氏繫傳》，文海出版社，1968 年 6 月再版。
〔註83〕宗福邦、陳世鐃、蕭海波主編《故訓匯纂》下冊，商務印書館，2007 年 9 月，頁 2929。

（䧹）即是「雚」的異體，[註84]所以「」字似可看成从「見」从「雚」聲的「觀」字。

〔3〕盍

字，原考釋者釋「『盍』，《經傳釋詞四》：『何不。』」

秋貞案：

大徐本《說文》：「『盍，覆也，從血大。』臣鉉等曰：『大，象蓋覆之形，胡臘切』」段注《說文》：「盍，覆也，從血大聲。」段注：「皿中有血而上覆之，覆必大於下，故從大，艸部之蓋，從盍會意，訓苫覆之，引申耳。今則蓋行而盍廢矣。曷，何也，凡言『何不』者急言之，亦曰『何是』以釋言云：『曷，何也』鄭注《論語》云：『盍，何不也』古音在十五部，故為『曷』之假借，又為蓋之諧聲，今入七八部，為閉口音，非古也」段注再說：「此以形聲包會意，大徐刪聲，非也」

從楚文字來看， 字是從「從皿去聲」。看季師《說文新證》上冊，第419頁「盍」字條：

> 甲骨文「太」上象器蓋，下象器體。後來可能是因為「去」有兩種字形，「器蓋」義的「去」，和「張口」義的「去」字形相近，而且寫法趨於合流，於是「器蓋」義的「去」字再加上義符「皿」。[註85]

段玉裁認為「盍」字應是「從血大聲」的形聲字，但筆者認為此字應為「從皿去聲」的形聲字。

〔4〕䶦

䶦，楚簡字形「」，原考釋者釋為「祈」讀為「齋」：

> 「䶦」，疑「祈」字之繁構，讀為「齋」。《說文·示部》：「齋，戒潔也。」《莊子·人閒世》：「是祭祀之齋，非心齋也。」《呂氏春秋·孟秋》「天子乃齋」，高誘注：「《論語》曰：『齋必變食，居必遷坐，自裡潔也。』」

廖名春認為「祈」、「齊」音近，在秦、漢以前的古籍中，「齋」字多作「齊」。

〔註84〕參看李守奎：《楚文字編》，華東師範大學出版社，2003 年，頁 79。李守奎、曲冰、孫偉龍編著：《上海博物館藏戰國楚竹書（一～五）文字編》，作家出版社，2007 年，頁 423。

〔註85〕季旭昇師：《說文新證》上冊，藝文印書館，2004 年 10 月初版二刷，頁 419。

故「䶩」和「齋」同：

> 「䶩」，今本作「齊」。「齊」讀為「齋」。秦、漢以前的古籍中，
> 「齋」字多作「齊」。如《儀禮‧士冠禮》：「必齊以靜心。」「齊」
> 皆讀為「齋」。《說文》：「齋，戒潔也。从示，齊省聲。」「齋」從「齊」
> 得聲，故能通用。「䶩」字從「祈」得聲，「祈」、齊音近，故「齊」
> 可借為「䶩」。

復旦讀書會認為此字從「祈」得聲，當讀為「祈」。並以簡 12 字，讀為「齋」，認為這是兩個不同的字，但是應屬同一類的活動：

> 整理者讀為「齋」，恐不確。此字從「祈」得聲，或當讀為「祈」，
> 下文簡 12 類似的語境中有「君齋，將道之；君不祈，則弗道」，
> 「祈」與「齋」大概是一類活動。下文「武王䶩三日」之「䶩」亦當
> 讀為「祈」。

侯乃峰在〈《上博七‧武王踐阼》小箚三則〉〔註86〕一文中不認同復旦讀書會的看法，他認為以簡 12「（如果）……則……；（如果）不……則……」的句式來看，「祈」和「齋」應屬同一個意義，才合邏輯：

> 我們認為原考釋者讀為「齋」的意見是可信的。簡 12 的語境
> 「君齋，將道之；君不祈，則弗道」並非「祈」不可讀為「齋」的
> 證據，相反地，我們認為這正是「祈」應當讀為「齋」的證據。這
> 類「（如果）……則……；（如果）不……則……」的句式，從正反
> 兩方面說明問題，前面作條件狀語的句子中所用之字反義對舉，在
> 意義上要麼是完全一致，而在隨後對舉之字前加否定詞；要麼就是
> 完全相反，不加否定詞。如《荀子‧議兵篇》中的一段話：「好士
> 者彊，不好士者弱；愛民者彊，不愛民者弱；政令信者彊，政令不
> 信者弱；民齊者彊，不齊者弱；賞重者彊，賞輕者弱；刑威者彊，
> 刑侮者弱；械用兵革攻完便利者彊，械用兵革窳楛不便利者弱；重
> 用兵者彊，輕用兵者弱；權出一者彊，權出二者弱。」

> 又如上博五《姑成家父》簡 3「幸，則晉邦之社稷可得而事也，
> 不幸，則取免而出」在句式上亦是如此。

〔註86〕侯乃峰：〈《上博七‧武王踐阼》小箚三則〉，http://www.gwz.fudan.edu.cn/SrcShow.asp?Src_ID=600，2009.01.03。

若將「祈」與「齋」僅理解成同一類活動，而非同一個字且同時指代相同的一件事，則二字意義必有差別，所謂「對文則異」。那麼簡 12 就猶如說「君如果齋，我將告訴你；而君如果不做另一件類似齋的或與齋有關的活動『祈』，我就不告訴你」，這在意義理解上就變成了師尚父要求武王既要「齋」又要「祈」，而這樣表達顯然是不合邏輯的，恐先秦文獻中也很難找出類似的表述方式。

侯乃峰並且認為「祈」字從「斤」聲，和「齋」字有聲韻關係，可通假：

> 從「斤」聲之字與從「齊」聲之字在文獻中也有通假例。《周易》「既濟」卦，傳本《歸藏》作「岑雷」。于省吾先生以為傳本《歸藏》「岑雷」乃「既濟」之同音假字。其說以為：

> > 《說文》「岑，從山、今聲」，今、既並見母字，濟、霽古通。《爾雅·釋天》「濟謂之霽」；《洪範》「曰霽」，鄭本作「曰濟」；《字彙補》「霽與霽同」。按：「雷」當為從雨、昕聲之字。《說文》「昕，從日、斤聲，讀若希」。古從希從斤聲之字，如晞欷頎旎沂蘄，均隸脂部，濟亦脂部，故得相通。（見于省吾《雙劍誃易經新證》1999，頁44）此說顯然是可信的。且此通假現象恰可作為本篇中從「斤」聲的「祈」字何以與今傳本《大戴禮記·武王踐阼》篇中「齊（齋）」字相通假的例證。〔註87〕

張振謙認為此字的字形應隸為從「祈」，從「正」，「厶」聲的字，讀為「齋」：

> 正如復旦讀書會所云：「『祈』與『齋』大概是一類活動」，故此字讀「祈」或「齋」都能讀通，但是此字的形體如何，到底隸定為什麼字，是繞不過去的。首先，此字從「祈」無異議，下部整理者隸定為從「口」、「立」則于形未安。我們認為其下部左邊為「厶」，右邊為「正」，郭店簡「正」作 ✦唐虞3、✦五行34、✦璽匯0343，與上形同。「厶」是聲符，厶，心紐脂部字，齋，莊紐脂部字，所以此字可以認為是從「祈」，從「正」，「厶」聲的字，讀為

「齋」。〔註88〕

　　劉洪濤在〈釋上博竹書《武王踐阼》的「齋」字〉〔註89〕文中將用為「齋」字的五個字分為三類。他認為第Ⅰ類是標準的「齋」字，第Ⅱ、Ⅲ類這三個字都是「齋」字的異體：

Ⅰ類：A　　　　B

Ⅱ類：C　　　　D

Ⅲ類：E

　　（1）師尚父曰：「在丹書。王如欲觀之，盍 D 乎？將以書視。」武王 C 三日。　2 號

　　（2）大公望答曰：「身則君之臣，道則聖人之道，君 A，將道之；君不 E，將弗道。」武王 B 七日。　12 號

　　這五個用為「齋」的字，按照寫法的不同，可以分為三類。Ⅰ類寫法的字形結構可以分析為从「示」、「齊」省聲，是古文字「齋」的最常見的寫法。陳先生把它們都釋為「齋」，正確可從。根據句（2）的文例，E 跟 A、B 所記錄的應該是同一個詞。記錄某一個詞，可以使用它的本字，也可以使用假借字。陳先生把 E 釋為「祈」，讀為「齋」，大概是認為記錄「齋」這個詞，A、B 所使用的是本字「齋」，而 E 所使用的則是假借字「祈」。Ⅱ類 C、D 二字的寫法雖有差異，但毫無疑問它們應是同一個字的異體。今本《大戴禮記‧武王踐阼》同句（1）對應的文句作「師尚父曰：『在丹書。王欲聞之，則齋矣。』王齋三日」，〔註90〕跟 C、D 對應的文字都作「齋」。陳先生認為 C、D 是「祈」字的繁構，根據今本把它們也都讀為「齋」。如是，A、B 都是「齋」字的異體，C、D、E 都是「祈」

〔註88〕張振謙：《上博七‧武王踐阼》箚記四則，http://www.gwz.fudan.edu.cn/SrcShow.asp?Src_ID=613，2009.01.05。

〔註89〕劉洪濤：〈釋上博竹書《武王踐阼》的「齋」字〉，http://www.gwz.fudan.edu.cn/SrcShow.asp?Src_ID=744，2009.04.05。

〔註90〕劉洪濤：「王齋三日」，通行本作「三日王」，此從戴震、孔廣森、汪照等說改（黃懷信主撰、孔德立、周海生參撰：《大戴禮記彙校集注》，三秦出版社，2005 年，頁642～643）。

字的異體。

我們同意 C、D、E 是同一個字的異體，也同意在本篇它們都用作齋戒之「齋」，但是我們不能同意它們是「祈」字的異體。上古音「祈」屬群母微部，「齋」屬莊母脂部，二字古音不十分密合，不大可能通用。如果 C、D、E 確實都是用作「齋」的，那麼它們就不可能是「祈」字的異體。復旦大學出土文獻與古文字研究中心研究生讀書會沒有把它們都讀為「齋」，而是都讀如本字，應該也是出於它們古音不近的考慮。不過我們的看法跟讀書會有些不同，我們不認為 C、D、E 是「祈」字，它們都應該是「齋」字的一種特殊寫法。改釋之後，古音不近的問題也就解決了。

劉洪濤認為 C 的右上「」(c) 和 AB 上部的「个」形一字的異體。而且 C 的左下的「口」形，也是「个」形的異體：

我們先說 E 字。E 左旁從「示」很清楚，關鍵是右旁 e。陳先生認為 e 是「斤」字，是把 e 左上、左下兩筆看作一個整體，右上、右下兩筆看作一個整體。這跟 D 右上所從此旁 d 的寫法很近。但是我們如果換個思路，把左上、右上兩筆看作一個整體，左下、右下兩筆看作一個整體，這就同 C 右上所從此旁 c 的寫法十分接近。這三個偏旁的演變順序有兩種可能，一種可能是 c→e→d，c 為較原始的寫法；另一種可能是 d→e→c，d 為較原始的寫法。按照後一種演變順序，c、d、e 都應釋為「斤」字。這種釋法有 3 號簡「折」字、5 號簡「所」字所從「斤」旁寫法的支持，看似很有道理。但是我們知道，戰國文字寫法多變，因字形演變而造成的訛混比比皆是。既然把它們都釋作「斤」不能很好地解釋 C、D、E 何以用作齋戒之「齋」，我們認為還是取前一種演變順序比較妥當。即：

A、B「齊」旁所從的「个」作「」、「」、「」等形。「个」和 c 上部所從相同，都作「宀」字形；下部所從兩畫一個作相交之形，一個不相交，有很大的區別，似乎無法將二者聯繫起來。但是如果考慮到戰國文字書寫比較隨意，這種相交筆畫就很容易被

寫成不相交，二者的聯繫馬上就會顯現出來。請先看下舉「諺」、「訟」
二字所從「言」旁上部的寫法：

上博《君子為禮》2 號　　　同上 3 號　　　上博《周易》4 號　　　同上

　　值得注意的是，C、D 右下所從偏旁 f、g 的寫法，也是由相交
的兩畫變作不相交，這跟「个」、c 下部所從偏旁的演變關係適可類
比：

　　因此，c 與「个」應該就是同一個字的異體。我們下文將說明
f、g 也是「个」字的異體，這是把 c 釋為「个」的最直接的證據。
E 從「示」從「个」，根據文例，應分析為從「示」、「齊」省聲，
是「齋」字的異體。「齋」字省作 E，猶「集」字省作「集」。

　　說 f、g 也是「个」字的異體，其中間相交筆畫演變為不相交
筆畫已如上述，這裡需要解釋的是它們上下所從的兩橫畫。D 所從
g 旁下部一橫可以看作「齊」字所從兩橫中的一橫，d 旁下部也有
一橫，是兩橫中的另一橫；C 所從 f 旁下部也有一橫，雖然 c 旁下
部沒有一橫，但可以認為是借用 f 旁上部一橫來表示的。因此確切
地說，f、g 都去掉下部一橫後才是真正的「个」字。「个」字上部
作「宀」字形，f、g 上部都作一橫，也很難將二者聯繫起來。湯餘
惠先生早已指出，古文字中有一種「∧」形飾筆，是由「—」形飾
筆演變過來的（《略論戰國文字形體研究中的幾個問題》，《古文字研究》第
十五輯頁 44～45）。我們要說的是，相反形式的演變其實也是存在的，
請看下舉「天」、「不」二字的演變過程：

天　　　　　　　　　兲　　　　　　　　　天

郭店《老子》乙 3 號　　　信陽 1～12　　　郭店《語叢一》3 號

　　　　　　　　　　　　　　　　　　　　　　　　　

上博《君子為禮》3 號　　上博《曹沫之陣》3 號　　上博《武王踐阼》1 號

　　這兩個例子說明，「∧」形筆畫經過一定演變是可以寫作一橫

的。因此,「个」所從的「宀」字形筆畫經過一定演變也是可以變作一橫的。上舉「不」字的最後一例出自《武王踐阼》,這從書寫習慣的角度支持了我們對 f、g 二字形體演變過程的看法。所以,f、g 無疑也是「个」字的一種特殊寫法。

C、D 左下所從的偏旁,寫得很像是「口」字,其實也是「个」字的一種特殊寫法。請看下引上博《孔子詩論》8 號的三個「言」字:

結合上引「諺」、「訟」二字所從的「言」旁,可知「言」字所從的相交形筆畫除了可以寫作不相交筆畫外,還可以把兩筆連作一筆寫作半圓形筆畫。C、D 所從的所謂「口」旁下部的半圓形筆畫,應該就是從「个」字所從的相交表筆畫演變過來的。其上部所從的一橫,應該是從「个」字所从的「宀」字形筆畫演變過來的,已如上述。因此儘管這個字寫得很像「口」字,但無疑也是「个」字的一個異體。

根據上面的分析,C、D 二字的構件應該包括一個「示」旁,三個「个」旁,一個或兩個橫畫。三個「个」旁加上一橫畫或兩橫畫就是「齊」字。因此,相對於從「示」從一個或三個「个」旁的「齋」字來說,C 和 D 無疑都是貨真價實、完整無缺的「齋」字。〔註91〕

宋華強在〈《武王踐阼》「祈」及從「祈」之字試解〉〔註92〕文中認為「祈」、「齍」可讀為「禮」。而且「齍」字應隸為「土」旁的「㙙」字:

整理者把「㙙」、「祈」讀為「齋」,顯然是受了今本的影響。劉洪濤先生已經指出「祈」、「齋」二字古音並不十分密合,不大可能通用。復旦讀書會讀為「祈」,語義並不妥帖,因為齋戒和祈禱畢竟是兩種不同性質的行為。如此張先生之說亦有問題,而且字形從「正」之義難解。劉先生的意見也有可疑之處,「㙙」、「祈」和「齋」

〔註91〕劉洪濤:〈釋上博竹書《武王踐阼》的「齋」字〉,http://www.gwz.fudan.edu.cn/SrcShow.asp?Src_ID=744,2009.04.05。

〔註92〕宋華強:〈《武王踐阼》「祈」及從「祈」之字試解〉,http://www.bsm.org.cn/show_article.php?id=1104,2009.06.27。

字寫法差異很大，把前兩字說成由後者變化而來，頗感勉強；特別是「祈」字和兩「齋」字共見一簡，說成是同一個字的異體實在讓人難以相信。

我們認為從字形上看，「祈」字和「𧫒」字從「祈」並無疑義，「𧫒」、「祈」所表示的詞應該還是與「祈」讀音相近的。從詞義上看，簡本《武王踐阼》和今本的文字本來就頗多差異，「𧫒」、「祈」所代表的詞不一定要與今本求同，也可能是一個意思與「齋」相同或相通的詞。按照上述兩條線索考察，「祈」、「𧫒」可讀為「禋」。「祈」屬群母文部，「禋」屬影母文部，二字音近。「𧫒」字右下所從的「𡉚」、「𡉘」可能是「土」旁。戰國文字「土」旁常常可以寫成「立」形，試與本篇 2 號簡及其他楚文字中「堂」字所從「土」旁參照：

𡈁（本篇 2 號）　　　　　𡈁（郭店簡《性自命出》19）

𡈁𡈁（貨幣文字）（汪慶正主編、馬承源審校《中國歷代貨幣大系‧先秦貨幣》，頁 1049，4179 號，頁 1051，4186 號）

如此「𧫒」字應該隸定為「𧫒」。「𧫒」字左下所從的「口」可能是「○」（「圓」字初文），試參照楚簡「員」字所從「○」旁寫法：（《上海博物館藏戰國楚竹書（一～五）文字編》頁 330～331。《楚文字編》頁 380）

𣃓　𣃓　𣃓

「𧫒」字可以分析為從「祈」、從「口」、從「土」，也可以分析為從「示」、「斤」、「口」、「土」。無論採取哪種分析，「𧫒」都可以看作一個兩聲字，因為「祈」屬群母文部，「斤」屬見母文部，「○」屬匣母文部，三者音近。按照前一種分析，「𧫒」可能是「垔」字異體（聲符「西」替換為「祈」，「○」是附加聲符），簡文中讀為「禋」；按照後一種分析，「𧫒」可能是「禋」字異體（聲符「西」替換為「斤」，「○」是附加聲符）。

宋華強以文獻證明「禋」、「齋」有「潔」義，故「齋」、「禋」可互替：

「禋」有「潔」義。《說文》：「禋，潔祀也。」實際「禋」表

「潔」義並不限於專指祭祀。《國語・楚語下》「禋絜（潔）之服」，「禋絜」連用，修飾「服」。「齋」亦有「潔」義。《說文》:「齋，戒，潔也。」《谷梁傳》莊公三十二年「以齊（齋）終也」，何注:「齊，絜。」所以「禋」、「齋」在「潔」這個詞義上可以相通，如《左傳》隱公十一年「而況能禋祀許乎」，杜注:「絜齊以享謂之禋。」《楚語下》「敬其粢盛，絜其糞除，慎其采服，禋其酒醴」，「敬」、「禋」並稱，韋注:「禋，絜也。」又同篇「齊敬之勤」、「為齊敬也」，「齊敬」並稱，韋注:「齊，絜也。」第一段簡文「盍禋乎」、「武王禋三日」，「禋」詞義與「齋」相近。楊樹達先生指出古書有「避重複而變文例」，如《烈女傳・賢明篇・周宣王姜后傳》「事非禮不言，行非禮不動」，而《藝文類聚》引曹植《賢明頌》改作「非義不動，非禮不言」，楊先生認為:「蓋傳文質樸，不避重言；植作頌贊，欲求文美，故改一『禮』字作『義』，以避複耳。」（俞樾等《古書疑義舉例五種》，中華書局，2005 年，頁 197～200）第二段簡文上下用「齋」而中間用「禋」，大概屬於「避重複而變文例」，「不禋」即「不潔」，《管子・心術上》「掃除不潔，神乃留處」，可與簡文「君不禋，則弗道」參照。而後人為求其用字整齊，故改「禋」為「齋」，與曹植《賢明頌》改《烈女傳》其事雖反，其理則同。〔註93〕

秋貞案:

在此討論和「」相關的五個字，援引劉洪濤的分類法將這五個字分為三類以方便討論和說明。綜合以上各學者的意見，依發表時間先後表列如下:

學　者	內　容
原考釋	將第 I 類「」釋為「齋」，第 II 類「　　」、「」釋為「祈」讀為「齋」，第 III 類「」釋為「祈」讀為「齋」。
廖名春	「祈」、「齊」音近，古書中「齋」作「齊」，故「祈」和「齋」通，第 II 類「　　」、「」可釋為「齋」。

〔註93〕宋華強:〈《武王踐阼》「祈」及從「祈」之字試解〉，http://www.bsm.org.cn/show_article.php?id=1104，2009.06.27。

讀書會	將第Ⅰ類「」釋為「齋」，將第Ⅱ類和第Ⅲ類釋為「祈」，但主張這兩種不同字應是同一類活動。
侯乃峰	主張這兩種是同一活動。「祈」從「斤」聲，和「齊（齋）」有通假關係。
張振謙	第Ⅱ類「」、「」從「正」，「厶」聲，讀為「齋」。
劉洪濤	第Ⅱ類「　」、「」和第Ⅲ類「」都是「齋」的異體。
宋華強	第Ⅱ類「　」、「」釋為「禋」，「舐」可能是「禋」或「聖」字的異體。

整理以上的意見為：

一、學者們都同意第Ⅰ類「」字釋為「齋」。

二、第Ⅱ類「　」、「」字有的釋「祈」有的釋「齋」，爭議性較大。

三、第Ⅲ類「」字原考釋釋為「祈」讀為「齋」，讀書會只釋為「祈」，但劉洪濤直釋為「齋」。

古書中多以「齊」通「齋」字，「齊」、「齋」密切相關，故以下茲將「齊」、「齋」、「祈」三字的甲骨、金文到戰國文字表列如下，做深入的分析：

	齊	齋	祈
甲骨〔註94〕	（一期‧林2.23.16） （五期‧2.15.4）	無	（一期‧後下20.5） （一期續1.52.3） （一期前1.47.6） （一期後下22.18） （一期存2.523） （三期戩47.9）
金文	（齊卣） （魯司徒仲齊簋） （齊侯鼎） （十年陳侯午錞）	（蔡侯𧖻盤）	（頌鼎）〔註95〕 （弔家父匡） （仲枏父簋） （郱公釛鐘）〔註96〕 （欒書缶）

〔註94〕出自徐中舒：《甲骨文字典》，四川辭書出版社，1990年9月。

〔註95〕《金文編》「祈」，此字下編按：從放靳聲。

〔註96〕《金文編》「祈」，此字下編按：省單，斿字重現。

			𠧪（大師虘豆）〔註97〕
戰國楚文字〔註98〕	𠌶（包2.89）「秀～」（人名） 𠌶（郭‧窮‧6）「遇～桓也」 𠫔（郭‧緇24）「～之以禮」	𪩘（望1.156）「埜～」 𪩘（新甲3.134.180）「庚午之夕內～」	（隨縣68） （璽彙2386） （璽彙2390） （集粹） （隨縣213）〔註99〕 （包2.266）「二～」〔註100〕

所查字書「齊」和「祈」有甲骨文，而「齋」金文出現一字。「齊」字本義不明。季師《說文新證》上冊「齊」字條：

> 本義：《說文》以為「禾麥吐穗上齊」。何琳儀《戰典》以為「象蒺藜多刺之形，薺之初文。」釋形：甲、金文從三「个」，到底象什麼，其實很難肯定。甲、金文的禾麥，上部並不如此作，戰國文字下部加「二」形（「二」形的變化很多）為飾筆，或加「邑」作為國、氏名專字。〔註101〕

「齊」上古音在從紐脂部，「齋」在莊紐脂部，依黃侃所考定正聲十九紐「正齒音莊初床疏古歸齒頭音精清從心」故「齊」和「齋」聲韻皆同。「齋」是借「齊」為聲再加上「示」旁的形符而成的形聲字。而古書上早有以「齊」借為「齋」字，作「齋戒」意，假借一段時日後，為區別兩字的意義，將「齊」還給本字，而另造一新字「齋」。

從上所見「祈」字的變化較大，甲骨文時大部分以「斳」借為「祈」，有一例「𣂤」（三期戩47.9）加上「放」形，這一例為金文所繼承。金文的「祈」字從「放」形「斳」聲者多，但是在這時也出現去掉「單」形只從「斤」或從

〔註97〕《金文編》「祈」，此字下編按：从放从言，用禱多福。

〔註98〕字形出自《楚系簡帛文字編》。

〔註99〕以上五字出自《戰國文字編》。

〔註100〕《楚系簡帛文字編》「祈」，編按：讀為㞷。

〔註101〕季旭昇：《說文新證》上冊，藝文印書館，2004年10月初版二刷，頁564。

「言」的金文字，如「」（大師虘豆），可見金文「祈」字多變，不一定要從「斤」聲。還有「」（欒書缶）從「厂」（省「㫃」形）從「斤」。到了戰國文字則不見從「單」的「祈」字，大多是承襲從「㫃」從「斤」聲的「祈」字，其中字形變化較大的是楚國文字將「㫃」形去掉，而改以「示」形，保留「斤」聲，形成和現今楷體一樣的「祈」字。

在徐中舒《甲骨文字典》中「祈」字解為：「從『單』從『斤』或從『㫃』，可隸定為『斳』、『旂』，《說文》所無，後在金文中借為『旂』、『祈』，但卜辭中無祈句涵義之用例。」釋義云，當神祇名或地名。〔註102〕

劉釗《古文字構形學》中釋「旂」字，認為「旂」字是斳字上累加「㫃」聲而成，而「㫃」即是「旗」字：

甲骨文「旂」字作「」、「」、「」、「」，字從單斤聲。古音斳在群紐文部，斤在見紐文部，聲皆為牙音，韻部相同，故斳可從斤得聲。金文旂字作「」、「」、「」、「」，從斳從「㫃」。按：「㫃」乃「旂」即「旗」字初文，本象旗形，《說文》謂「㫃」聲近於偃，這恐怕是聲音上的訛誤。「㫃」最初就應讀「旂」。旂、旗二字是在「㫃」上又累加「斤」「其」二聲而成。金文休盤即用「㫃」為「旂」字。所以金文旂字是在斳字上累加「㫃」聲而成。「㫃」古讀如「旗」，旗古音在群紐文部，與旂讀音同，故斳字可疊加「㫃」為聲。〔註103〕

大徐本《說文》「㫃」字條：「旌旗之游㫃蹇之皃。從中，曲而下垂，㫃相出入也。讀若偃。古人名㫃，字子游。凡㫃之屬皆從㫃。」此字讀如「偃」，是否如劉釗認為是聲音的錯誤，應讀如「旗」呢？季師在《說文新證》「㫃」字條下認為其說缺乏有力的證據。〔註104〕季師旭昇認為「㫃」字是否有作形符或聲符的可能，要甲骨金文有證據才行，目前似乎看不到。故筆者認為仍從舊說。

筆者認為甲骨金文的「旂」字是從「㫃」形「斳」聲，金文的「祈」是假

〔註102〕徐中舒：《甲骨文字典》，四川辭書出版社，1990年9月，頁25。
〔註103〕劉釗：《古文字構形學》，福建人民出版社，2006年1月，頁85。
〔註104〕季旭昇師：《說文新證》上冊，藝文印書館，2004年10月初版二刷，頁541。

借「斯」聲而來。到了戰國時楚文字仍可見有兩種金文的字形承襲下來，如![字形]（隨縣68）和![字形]（隨縣213），但楚系包山簡文字的「祈」字「![字形]」以「示」形「斤」聲出現，和甲金文的形體差別很大，似乎是專造的形聲字。而且目前所見的「祈」字只在包山簡出現過一個「![字形]」，再來就是本簡的第II類「![字形]」、「![字形]」字和第III類「![字形]」字的字形。現在因為這種字形和「齋」字放在一起，所以是否和齋是一字之異體？看以下分析。

「祈」上古音群紐微部，「齊」在從紐脂部。〔註105〕脂、微二部是旁轉，《詩・周南・汝墳》一章以枚（微）韻飢（脂），〈召南・采蘩〉三章以祁（脂）韻歸（微）。〔註106〕故「齊」和「祈」聲韻皆近，可以通假。當然侯乃峰舉于省吾「晞歔顡斾沂薪，均隸脂部」，秋貞案：據郭錫良《漢字古音手冊》，從「斤」的「祈」、「顡」、「斾」字，上古音在群紐文部，「沂」上古音在疑紐微部，雖都不屬脂部，但是這些字的聲近，韻有文、微對轉關係。微部和脂部又有旁轉的關係，故侯乃峰之說也可從。「齊」和「齋」在古文獻是通用的，故「祈」和「齋」自然是可通的。而且以侯乃峰所言，以簡12的句式來看「君齋，則道之；君不祈，則弗道」，可見「齋」和「祈」是指同一件事，因為師尚父正是要武王先行齋戒之禮，才能告訴他丹書的內容，如果「齋」和「祈」不是同一件事，那武王要如何適從？並且會使得第二句的「君不祈，則弗道」的意義將變得不合理。所以筆者認為「齋」和「祈」從聲韻和文獻對勘的角度來看都是指同一件事，故侯乃峰的意見可從。

至於第II類「　」、「![字形]」字應該也是「祈」字的異體。這兩字形的特別之處在於它們的下半部的「![字形]」形，這形是不是如張振謙所說「左邊為『厶』，右邊為『正』」？楚文字的「厶」形為一筆，這裡的「口」形為上下兩筆；楚文「正」字似乎都是從「止」形，張振謙所述郭店簡「正」作![字形]（唐虞3）、![字形]（五行34），和「![字形]」形有些差距，而且他也沒有說明「正」字在字形中的意義為何。劉洪濤將「![字形]」和「个」認為是一字異體，把文字筆畫分解太碎，過於拼湊，因求之過深，反不見兩種字形整體的關聯性。宋華強將「![字形]」字隸為

〔註105〕王力：《王力古漢語字典》，中華書局，2007年6月，頁829。
〔註106〕陳新雄：《古音研究》，五南，1999年4月，頁454。

「土」旁的「𡐫」字，楚文字的「土」和「立」是明顯不同，唯「口」形寫得較圓，這是有可能的，至於其他都缺乏有力的旁證，這些說法則有待商榷。

筆者認為「𧥜」、「𧥝」字可以分為上半部為「祈」字，而下半部則為「言」字。金文有 （大師虘豆），戰國楚文字有 （隨縣 213），都有從言的例子。如果去掉「㫃」形，即剩下「言」形，姑且不論「言」字在此的作用如何，筆者推論戰國楚文字有繼承「斤」的「祈」，應該也有繼承「言」的「祈」字。這「𧥜」、「𧥝」兩字的下半部「」、「」形因為字形結構的關係而寫成左右的形態，如果把字形排列成上下的形態，即成「」和「」，和楚簡的「言」字寫法一樣。〈武王踐阼〉簡1「耑頊」的「頊」字為 ，其偏旁「言」部作「」形，其「口」形也寫得較圓，和本簡「祈」字的寫法如出一轍。而且「盍祈乎」的「盍」字 字中的「口」形也是寫得較圓。故筆者認為「𧥜」、「𧥝」字是「祈」字，從「示」從「斤」從「言」，在此也讀如本字，可以和「齋」是一樣的意思。如果這樣的字形當作「齋戒」的儀式的話，還可能是「齋」、「祈」這類活動的專字。故筆者結論：

甲、第Ⅰ類「」字釋為「齋」，無疑。

乙、第Ⅱ類「」、「」字和第Ⅲ類「」字的字形都釋為「祈」，讀如「祈」，而且都有傳承自甲骨金文的脈絡可尋。

丙、「齊」和「祈」有聲韻的關係而通假，「齊」又借為「齋」字，故「祈」和「齋」是指同一事件，無二無別。

「祈」與「齋」是為同一類的活動。今本的《大戴禮記・武王踐阼》為「王欲聞之，則齊矣」釋為「齋」。「齋」的意義為何？楚簡2寫「武王祈三日」，簡12寫「武王齋七日」，這二者有何差別？以下說明。

在宋朝李昉《太平御覽》卷五百三十〈禮儀部九〉中和「齋戒」有關的典籍內容，以下表列出：〔註107〕

典　籍	內　容	註　解
《易》繫辭上傳	是以明於天之道，而察於民之故，是興神物以前民用。聖人以此齊戒。	洗心曰齋，防患曰戒也

〔註107〕〔宋〕李昉等奉敕撰：《太平御覽》，新興書局印行。

《周禮》〈天官冢宰第一〉	祀五帝,則掌百官之誓戒與其具修。前期十日,帥執事而卜日,遂戒。	前期,所諏之日也。十日,散齋七日,致齋三日。執事,宗伯大卜之屬,既卜又戒,百官以始齋。
《禮記》〈曲禮〉	齊者不樂不弔。	為哀樂則失正,散其思也。
《禮記》〈檀弓〉	是故君子非有大故,不宿於外;非致齊也、非疾也,不晝夜居於內。	大故謂哀憂。內,正寢之中。
《禮記》〈王制〉	天子齊戒受諫。司會以歲之成,質於天子,冢宰齊戒受質。大樂正、大司寇、市,三官以其成,從質於天子。大司徒、大司馬、大司空齊戒受質;百官各以其成,質於三官。大司徒、大司馬、大司空以百官之成,質於天子。百官齊戒受質。	歲中群臣奉歲事諫王當所改為也。司會,冢宰之屬,掌計要者。成,計要也。質,猶平也,平其計要。大樂正,於周宗伯之屬。市,司市也,於周司徒之屬。從,從司會也。百官,此三官之屬。受,平報也。
《禮記》〈郊特牲〉	孔子曰:「三日齊,一日用之,猶恐不敬;二日伐鼓,何居?」	何居,怪之也。伐,猶擊也。齋者止樂,而二日擊鼓,則是成一日齋也。
《禮記》〈郊特牲〉	齊之玄也,以陰幽思也。故君子三日齊,必見其所祭者。	齋三日者,思其居處,思其笑語,思其志意,思其所樂,則見之矣。
《禮記》〈玉藻〉	將適公所,宿齊戒,居外寢	
《禮記》〈祭義〉	古者天子、諸侯必有養獸之官,及歲時,齊戒沐浴而躬朝之。犧牷祭牲,必於是取之,敬之至也。	
《禮記》〈祭義〉	致齊於內,散齊於外。齊之日:思其居處,思其笑語,思其志意,思其所樂,思其所嗜。齊三日,乃見其所為齊者。	
《禮記》〈祭統〉	及時將祭,君子乃齊。齊之為言齊也。齊不齊以致齊者也。是以君子非有大事也,非有恭敬也,則不齊。不齊則於物無防也,嗜欲無止也。及其將齊也,防其邪物,訖其嗜欲,耳不聽樂。故記曰:「齊者不樂」,言不敢散其志也。心不苟慮,必依於道;手足不苟動,必依於禮。是故君子之齊也,專致其精明之德也。故散齊七日以定之,致齊三日以齊之。定之之謂齊。齊者精明之至也,然後可以交於神明也。是故,先期旬有一日,宮宰宿夫人,夫人亦散齊七日,致齊三日。君致齊於外,夫人致齊於內,然後會於大廟。	定者,定其意志。宮宰,守宮官也。宿讀為肅,肅猶戒也。戒輕肅重也。

《禮記》〈坊記〉	子云：「七日戒，三日齊，承一人焉以為尸，過之者趨走，以教敬也。」	戒，謂散齋也。承，猶事也。
《禮記》〈表記〉	子曰：「齊戒以事鬼神，擇日月以見君，恐民之不敬也。」	
《禮記外傳》	凡大小祭祀必先齋敬事天神人鬼也。齋者，敬也。齋其心，思其貌，然後可以入廟。齋必變食，去其葷羶也，居必遷坐，易其常處也，故散齋於外，致齋於內。大祀散齋七日，致齋三日，則十日齋矣。祭前旬外之日，則有司戒告內外，內外百官齋，謂之夙戒。中祀七日，小祀三日。	外者，公寢也。內者，寢中小室。「大祀散齋七日」祭日猶遠，客意散。致者，至也，就祭日近。夙，早也。「中祀七日」，則散齋四日。「小祀三日」，月令秦書也，當戰國之急，大小祭祀唯三日，散齋二日，致齋一日。

我們可以看到在《禮記》中有很多和「齋戒」相關的內容。「齋戒」的重要性為何？林素娟在探討齋戒和祭祖的論文中說到商周時期對祭祀的重視。「國之大事，在祀與戎」，所以周代的帝王會祭祀祖先神等，以祈求順遂，在祭祖之前會先行齋戒：

> 西周以前，高祖、先公、先王往往具有影響農業生產、降福、致禍的能力，因此祈求豐年、求雨、疾病、襄祓避禍均祭祀祖先神。至周代除了四時常祀及禘、祫之祭外軍事、政治、災荒疾疫，亦皆有求於祖先神。
>
> ……齋戒與事鬼神、溝通陰陽消息……等密切相關，此外季節變遷、求雨、蠶事、生命過渡儀式，甚至災變、喪荒的對應中，齋戒均扮演著重要地位。在諸多齋戒的行為中，著重點略有不同，常態下祭祀祖先，乃至冠禮、婚禮之祭祖，強調與祖先靈連結、滲透的層面。〔註108〕

齋戒的性質為何？在《禮記‧祭統》中提及「齋戒」的性質與工夫和過程。「齋戒」的性質是「精明之至，然後可以交於神明」，以達到「身心淨化」的目的。「齋戒」的過程分為「散齋七日」和「致齋三日」兩部分。如上表列中《禮記‧祭統》所言的部分。林素娟在論文中提出「散齋」的原則為「不御、不樂、不弔」，摒棄外緣。「致齋」是在「散齋」的基礎上進一步專心致意，進

〔註108〕林素娟：〈飲食禮儀的身心過渡意涵及文化象徵意義——以《三禮》齋戒、祭祖為核心進行探討〉，中國文哲研究期刊第三十二期，2008 年 3 月。

入神聖的時空狀態：

> 祭祀的主要目的在於溝通神明，齋戒為此前的身心淨化工夫，
> 希望能通過齋戒能達到「精明之至」的身心狀態。平時「於物無防，
> 嗜欲無止」，而齋戒則強調心志專注、恭敬，凡是足以動搖情意的
> 行為均告暫止。所謂散齋，指去除外緣干擾，時間長達七日。行事
> 上的限制以「不御、不樂、不弔」為原則。不御，指男女情慾活動
> 暫止；不樂，為世俗之樂舞暫止；不弔，為社會之連結網路的暫止。
> 於齋戒時，日常生活的居處、服飾、飲食亦皆將隨之改變。擺脫俗
> 世的身分和嗜欲，凡是足以影響此專注的神聖狀態者，均被視為邪
> 物，而受到摒棄。當外緣摒棄後，齋戒者進入神聖的時空狀態，此
> 時社會倫理名分等存在狀態剝離。所謂致齋則是在散齋的基礎上進
> 一步專心致意地與受祭在產生連結，此時隔斷社會時空，以期能進
> 入神聖時空，心神與神明互滲交通。因此〈祭義〉所謂「致齋於內，
> 散齋於外」，「外」是相對於內而言，指摒除外界之干擾。〔註109〕

筆者認為本簡的甲本簡2為「齋三日」，乙本簡12為「齋七日」，此處齋戒
的日數不同，應該是「致齋」和「散齋」的區別。〔註110〕另一種說法，林素娟
在〈飲食禮儀的身心過渡意涵及文化象徵意義——以《三禮》齋戒、祭祖為核心
進行探討〉一文中註解談到：齋戒日數的長短是以所祀神格大小為依據。他說：

> 齋戒的天數在各文獻中往往有差別，除了時代、地域所可能產
> 生的差別外，所祭對象不同亦可能使齋戒的天數發生變化。……齋
> 戒日的長短至范曄《後漢書·禮儀志》已形成一套系統，「凡齋，天
> 地七日。宗廟、山川五日，小祠三日」〔註111〕以所祀神格大小作為
> 齋戒長短的依據。〈禮儀志〉齋戒天數最長亦不過七日，與《禮記·
> 禮器》的散齋七日、致齋三日的十日有別（頁467），然而齋戒十日
> 之說並非特例。因為《周禮》如〈大宰〉亦言：「前期十日，帥執事

〔註109〕林素娟：〈飲食禮儀的身心過渡意涵及文化象徵意義——以《三禮》齋戒、祭祖為
　　　　核心進行探討〉，中國文哲研究期刊第三十二期，2008年3月。
〔註110〕楊華先生在〈上博簡《武王踐阼》集釋（下）〉一文中談到「齋戒的時間」竹簡甲
　　　　本說「武王齋三日」與傳世本同，王聘珍在《大戴禮記解詁》指出「三日者，致齋
　　　　三日也」。竹簡乙本則明言「武王齋七日」，按照常識，當指散齋七日。
〔註111〕見宋·范曄《後漢書》，北京：中華書局，1995年，第11冊，志4，頁3104。

而卜日，遂戒」，即為其例。而《儀禮》〈少牢饋食禮〉、〈特牲饋食禮〉筮定祭日，往往以前旬之日卜定後旬日，間隔正好十日，應與齋戒有關。〔註112〕

是故，武王齋戒的日數有別，應是是「致齋」和「散齋」的區別。因為武王為了能見丹書所祀的神祇應該都是一樣的，沒有神格大小之別才是。總之，此處強調武王在面臨國家重要的政治諮詢時，師上父要求其先行齋戒之後才能聽聞先王、先神的訓示大道，而齋戒日數不同可能是抄寫版本不同所致。

〔5〕見

楚簡上的字形「」，原考釋者釋「見」。

復旦讀書會則認為此字應釋為「視」，讀為「示」，但是在這「示／視」後面應該要接賓語才合理，故推斷這一句後應該有一個「王」字作為賓語：

> 簡文，整理者釋為「見」。此字下部作立人形，或當釋為「視」，讀為「示」，意思是「給（武王）看」。不過此種用法之「示/視」後面不接賓語（王）恐不通，此處似乎還是看作「見」之誤寫為好（因後簡7有標準的下為跪人形的「見」，故不看作形體混同）。不過，此篇「見」、「視」二形區分嚴格，此字要釋為「見」有困難，或許還有簡文本係「將以書視（示）王」而脫去一「王」字的可能性（如後文簡8脫一「曰」字）。

秋貞案：

此字的字形下從「人」，一般在楚文字裡大部分作「視」解。但這裡復旦讀書會所言也不無道理。可以看作「見」之誤寫。筆者認為這裡的「見」字可讀為「現」，有「顯示」、「顯現」之意。「見」、「現」上古音都在匣紐元部，可通。《廣韻‧霰韻》：「現，同見，俗」。文天祥的〈正氣歌〉裡一句「時窮節乃見」，「見」字讀為「現」。《禮樂志》「神所見」，顏師古注「見」，「顯示也」。《萬石君傳》「神物並見」，顏師古注「見」，「顯示也」。《大戴禮記‧四代》「見才色脩身不視聞」王聘珍解詁「顯示之也」〔註113〕，以上皆當「顯示」或「顯示之」

〔註112〕林素娟：〈飲食禮儀的身心過渡意涵及文化象徵意義——以《三禮》齋戒、祭祖為核心進行探討〉，中國文哲研究期刊第三十二期，2008年3月。

〔註113〕參宗福邦、陳世鐃、蕭海波主編《故訓匯纂》下冊，商務印書館，2007年9月，頁3900。

意，有可以不接賓語的例子，也有可接賓語的例子，故在此「見」字可釋為本字「見」或「示」，讀為「現」，有「顯示」之意也可當「顯示之」之意。

2. 整句釋義

王如果想要看它，何不行齋戒祈禱之儀？我將把丹書顯示予您。

（六）武王齍三日，耑〔1〕備〔2〕、覘〔3〕，盦〔4〕堂〔5〕敊〔6〕

1. 字詞考釋

〔1〕耑

簡本上的字形「」，原考釋者釋「端」，當形容詞「端正」之意：

> 「端」，《廣雅·釋詁一》：「端，正也。」「端服」，指端正的祭
> 服。

廖名春釋同：

> 「耑」，今本作「端」。《說文·立部》：「端，直也。從立，耑
> 聲。」「端」從「耑」得聲，故「耑」可讀為「端」。郭店楚簡「耑」
> 3 見，其中兩例即通「端」。

〔2〕備

楚簡上的字形「」，原考釋者釋為「服」，今本無此字。

廖名春釋同：

> 「備」，讀為「服」。「備」甲、金文為「箙」的象形字。「箙」從
> 「服」得聲。「箙」、「備」古音同。故「備」可讀為「服」。郭店楚
> 簡「備」字 11 見，其中《老子》乙本第 1 簡，《緇衣》第 16、41 簡，
> 《唐虞之道》第 17 簡，《成之聞之》第 3、5、7 簡，《尊德義》第 25
> 簡，《語叢三》第 54 簡之「備」字，皆讀為「服」。

秋貞案：

「備」和「服」上古音都是並紐職部，聲韻相通。在《上博（二）·民之父母》有很多「服」字。如「無服之喪」的「服」都作「」。另外，《上博（一）·緇衣》「長民者衣服不改」的「服」作「」，故此簡也作「服」，「端服」，指端正的祭服。

〔3〕冃毛

楚簡字形為「」。原考釋者隸為「冃毛」，釋為「冕」：

> 「冕」，《說文·冃部》：「大夫以上冠也。」是大夫以上，行朝
> 儀、祭禮時所戴之冠。

廖名春認為「冃毛」為「冒」之繁文，為古「帽」字的異體字，並認為「冃毛」、「冕」義同：

> 「冒毛」，今本作「冕」。「冒毛」字從「冒」從「毛」。疑從「毛」
> 當為從「毛」，為音符。《說文》徐灝注箋：「冒，即古帽字。」疑「冒毛」
> 為「冒」之繁文，為古帽字的異構。「冕」為帝王、諸侯及卿大夫所
> 戴的禮帽。「冒毛」、「冕」義同，故可通用。

廖名春認為楚簡「端服帽」三字與今本「王端冕，師尚父亦端冕，奉書而入，負屏而立」，出入頗大。楚簡本沒有「師尚父亦端冕」一句，在唐代孔穎達所見的《大戴禮記》的本子裡也沒見這一句，可是就他所述，東漢鄭玄時的《大戴禮記》有這一句，孔氏還推測這一句應是鄭玄所加的：

> 「端服帽」，即「端服冕」，指穿上禮服禮帽。今本的「端冕」，
> 「端」是名詞作動詞，因而有簡省。今本的「師尚父亦端冕」一句，
> 楚簡無，而孔穎達《禮記·學記》疏說：「案《大戴禮》無此文，鄭
> 所加也。」孔氏指「師尚父亦端冕」一句為鄭玄所竄加，雖然有過
> 於主觀之嫌，但也說明唐代流行本此處已同於楚簡是有意思的。至
> 於今本的「奉書而入，負屏而立」，就完全出於楚簡之外了。

秋貞案：

先針對廖名春先生認為「孔氏指『師尚父亦端冕』一句為鄭玄所竄加，雖然有過於主觀之嫌，但也說明唐代流行本此處已同於楚簡是有意思的。」筆者認為若以這一句而將唐代孔氏所見的〈武王踐阼〉版本認為是較接近於楚簡本的理由，可能稍嫌武斷，應該更全面地比較探討之後才能斷定，筆者於第四章「餘論」第一節「楚簡本和今本的比較」中有所探討。

回過來看楚簡字形「   」釋為何字？復旦讀書會認為「冃毛」字不能確定是「帽」或「冕」。

何有祖在〈上博簡《武王踐阼》初讀〉文中認為此處楚簡的「端服帽」三字，應是「端服、帽」，「端服」指古代的禮服，在這裡「端」和「帽」均作動詞：

　　端服帽，三字廖文所讀，并謂指穿上禮服禮帽，基本可從。但似可以讀作「端服、帽」。《大戴禮記·武王踐阼》對應作「端冕」，盧辯注曰：「端，正也。」孔穎達疏曰：「端冕者，謂袞冕也。其衣正幅與玄端同，故云端冕，故皇氏云：『武王端冕，謂袞冕也。《樂記》魏文侯端冕，謂玄冕也。』」〔註114〕黃懷信《解詁》曰：「端冕，冕名，大冠也。」（黃懷信《大戴禮記彙校集注》頁644）是將此處的「端冕」解釋成帽子。《周禮·春官·司服》：「其齊服有玄端素端」，鄭玄注：「端者，取其正也。」孔廣森曰：「玄端者，玄冠緇衣。《儀禮》『冠端玄』，《論語》『端章甫』，《左傳》『端委』，《谷梁傳》『委端』皆謂此也。」（見孔廣森《禮學卮言》，《皇清經解》卷693頁774）孔氏將「玄端」解釋成「冠」與「緇衣」而成兩物，亦有不妥。現在看來傳世本此處作「端冕」疑有脫文，後世注家強加解釋，遂成一物。竹書作「端服、帽」當更能反映原來面貌，可證「端冕」指端服與冕，為兩物；「端」專就禮服而言。端服指古代的禮服（《周禮·春官·司服》）。多用于喪、祭等比較正式的場合。端服應是玄端、素端之總稱，在這裏名詞用作動詞，指穿上端服。帽，左從冒，右部看不太清楚，暫從廖文。帽在簡文中應是名詞用作動詞。〔註115〕

　　劉雲在〈說上博簡中的從「屯」之字〉〔註116〕文中對「」字有深入的分析。他將「　　」字和《上博六·天子建州》甲本簡7和乙本簡6的「」、「」兩字作字形分析。「」、「」這兩字都讀為「肩」，都從「毛」，並認為「毛」（B）的讀音應該與「肩」相同或相近：

　　　　《上博六·天子建州》甲本7號簡和乙本6號簡中有一個大家公認的「肩」字，分別作：、（下文用A來指代此字），其所處的文句是（釋文用通行字寫出）：

〔註114〕 何有祖：王聘珍《大戴禮記解詁》，中華書局1983年3月第1版，2004年5月北京第5次印刷，頁104。孔穎達疏所提及之「玄冕」，黃懷信《大戴禮記彙校集注》引作「立冕」，三秦出版社，2005年，頁644。按之經傳皆作「玄冕」，未有「立冕」之說，黃氏作「立冕」當誤。

〔註115〕 何有祖：〈上博簡《武王踐阼》初讀〉，http://www.bsm.org.cn/show_article.php?id=756，2007.12.04。

〔註116〕 劉雲：〈說上博簡中的從「屯」之字〉，http://www.gwz.fudan.edu.cn/SrcShow.asp?Src_ID=618，2009.01.05。

者（諸）侯食同狀，視百正，寡（顧）還A，與卿大夫同恥厎（度）（馬承源《上博（六）》，2007 圖版頁 133、頁 321～322）。A 從肩從所謂的「乇」（下文用 B 來指代此字），字雖怪異，但在此處讀為「肩」絕無可疑，這就提示我們，A 可能是個從肩 B 聲的字，B 的讀音應該與「肩」相同或相近。

劉雲還認為「」（C）從「乇」（B）聲，當讀為「冕」，故「乇」應和「肩」、「冕」有聲韻關係。但「乇」與「肩」、「冕」在聲音上又不相近，故他認為「乇」應是「屯」字的訛體，而「肩」、「冕」都是從「屯」的形聲字：

根據傳世文獻中的語言習慣，將 C 釋為或讀為「冕」無疑是很好的意見，循此思路，則 C 當是從帽 B 聲之字，且 B 的讀音應該與「冕」相同或相近。

說到這裡，我們可以發現，B 既與「肩」聲音相同或相近，又與「冕」聲音相同或相近，那麼 B 是什麼字呢？釋 B 為「乇」看起來是個很正確的意見，因為 B 與楚簡中的「乇」字幾乎一模一樣，甚至 B 旁與「乇」旁在同一支簡中同時出現形體都沒有什麼差別。（可以參看《上博（六）》圖版頁 133，其中 A 與從「乇」的「厎度）」同簡）但是釋 B 為「乇」卻很難解釋為什麼「乇」會出現在讀為「肩」和「冕」的字中。「乇」的古音是端母鐸部，「肩」是見母元部，「冕」是明母文部或元部（唐作藩《上古音手冊》頁 85～86），「乇」與「肩」、「冕」在聲音上絕談不上相近，也就無法做它們的聲旁；而「乇」與「肩」、「帽」、「冕」在意義上更是不著邊際。可見釋 B 為「乇」並不可靠。

戰國文字形體變化詭異多端，往往匪夷所思，B 與「乇」形體雖然相同，但完全有可能是兩個來源不同的字。我們認為 B 極有可能是「屯」字的訛體。戰國文字中「屯」字主要有如下幾種形體：

（令瓜君壺）   （三晉 94）   （隨縣 14）

（郭店·老子甲 9）   （信陽 2.23）

令瓜君壺中的「屯」字應該是比較原始的寫法，其所從的 ∨，在有的字中變為一橫，其所從的一點，在有的字中也變為一橫，有的字還在中間豎筆的下端再加一橫。

戰國文字中「屯」作為偏旁還有將中豎上端的一點省掉的寫法：

| （包山 240） | （廿五年戈） | （春平侯劍） |

| （湖南 24） | （郭店·語叢 1.40） | （郭店·語叢 3.20） |

根據上揭獨立成字的「屯」及作為偏旁的「屯」的演變情況，我們不難想象出 B 是如何演變而來的：將令瓜君壺中「屯」字中間的彎筆拉直，再將中豎上的一點省掉，B 就形成了。這樣看來，釋 B 為「屯」在字形上是可以成立的。

那麼釋 B 為「屯」可以滿足既與「肩」聲音相同或相近，又與「冕」聲音相同或相近的要求嗎？答案是肯定的。

「屯」古音是定母文部，「肩」是見母元部，定母與見母關系緊密，如「唐」是定母字，而它的聲旁「庚」是見母字；「積」、「隤」是定母字，而它們的聲旁「貴」是見母字。文部與元部關系更是緊密，如文部的「蘊」與元部的「怨」可以相通（《古字通假會典》【蘊與怨】條），文部的「昆」與元部的「犬」、「𤇏」、「串」可以相通（《古字通假會典》【昆與犬】條、【昆與𤇏】條、【昆與串】條，頁 122）。「屯」與「肩」可通在文獻中也是有跡可尋的：「屯」與「全」可通（參看朱德熙《說「屯（純）、鎮、衡」》，《朱德熙古文字論集》頁 173～184），從「全」聲的「輇」與從「坙」聲的「輕」可通（《古字通假會典》【輕與輇】條，頁 55），從「坙」聲的「牼」與從「肩」聲的「䠒」可通（《古字通假會典》【牼與䠒】條，頁 55）。

「冕」是明母文部或元部，定母與明母也有相轉的例子，如定母的「蹈」與明母的「冒」可以相通（《古字通假會典》【冒與蹈】條，頁 772）。「冕」的韻部古音學家有的歸入文部，有的歸入元部，但無論是歸入文部還是元部，對我們認為「屯」與「冕」聲音相同或相近的觀點都不會造成影響，因為是文部的話就與「屯」同部，是元部

的話我們上文已做了論證，文、元二部關系密切。「屯」與「冕」可通在文獻中也是可以求索的：從「屯」聲的「踳」與從「允」聲的「僎」可通（《古字通假會典》【踳與僎】條，頁131。楚簡中「舜」字從「允」聲，所以說「僎從「允」聲），《說文解字》中「瑂」或從「允」（《說文解字》，中華書局，1963），從「□〔註117〕」聲的「薨」與從「免」聲的「輓」可通，「冕」從「免」聲。

通過以上論證，我們可以肯定 B 就是「屯」，A、C 都是從「屯」得聲的形聲字。〔註118〕

趙平安在〈《武王踐阼》「曼」字補說〉一文中認為「」字應釋為「曼」，讀為「冕」。「 」字所從的「毛」是「攴」省變，古文字中「攴」、「又」通用，於是形成「 」字和「曼」同形：

我覺得這個字應釋為「曼」。戰國楚簡中曼作：

（郭店《老子乙本》12）　　　　　（上博《性情論》37）

（上博《昭王毀室·昭王與龔之𦞦》1）　　（上博《曹沫之陳》10）

其中《曹沫之陳》10 的「曼」中部有羨畫。「曼」的基本構件是「冃」、「目」和「又」。《武王踐阼》2 的 從「冃」、「目」，和曼相同，區別在於曼從「又」， 從「毛」。

大家知道，戰國文字中的「又」往往可以寫作「十」，而「十」之類的寫法有時可以寫作「毛」。如 （帀，《璽匯》0152）作 （《璽匯》0159）、 （宅，郭店《成之聞之》34）作 （郭店《成之聞之》33）、 （亳，《陶匯》6·317）作 （《陶匯》3·6）就屬於這種情況。因此把「又」寫作「毛」其實是完全可以理解的。

《武王踐阼》的這個「曼」字確應如整理者讀為「冕」。曼、冕

上古聲母韻部相同，讀音很近。古書中「曼」聲字和「免」聲字多相通之證（《古字通假會典》頁 155～156）。

上博《天子建州》甲本 7 和乙本 6 中有一個「肩」字，分別作 、 之形。當中也有所謂「乇」形，劉雲先生把它和 聯繫考慮，以為是「屯」的變形，作肩的聲符（劉雲《說上博簡中的從「屯」之字》）。我們以為所謂「乇」是「攴」省變的結果。戰國時期有一作 （析君戟）、（新蔡簡乙四：61）、（上博《君子為禮》7）等形的字，前兩形宋華強先生隸作攲，分析為從攴肩聲，讀為肩[註119]。後一形季旭昇先生徑釋為肩（《上博五芻議（下）》，簡帛網）。他們二位的釋讀正確可從。《天子建州》中的 、，可以看作是攲的訛變。古文字中「攴」、「又」通用（何琳儀《戰國文字通論（訂補）》頁 231～232），所以攲中所謂「乇」也可以理解為經由「又」訛變而來的，和《武王踐阼》「曼」的情形相似。[註120]

秋貞案：

這一字形到目前楚文字未見，所以討論的學者頗多。以下列表說明比較：

	發表人	內　　容
1	原考釋	隸為「覍」，釋為「冕」
2	廖名春	為「冒」之繁文，為古「帽」字的異體字，「覍」、「冕」義同。
3	讀書會	為「覍」字，但不能確定是「帽」或「冕」
4	何有祖	認為「端服帽」三字，應是「端服、帽」
5	劉雲	當讀為「冕」
6	趙平安	應釋為「曼」，讀為「冕」。

這六家中有可見有兩種看法。一、讀為「冕」。二、讀為「帽」。

應該是「冕」或「帽」呢？要解決這個問題，首先要解決這個字右下類似「乇」的偏旁。對這個偏旁提出分析的是劉雲與趙平安二家。劉雲以為「乇」

〔註119〕趙平安見宋華強：《由新蔡簡「肩背疾」說到平夜君成所患為心痛之證》，簡帛網（http://www.bsm.org..cn）2005.12.07；《新蔡簡「肩」字補證》，簡帛網，http://www.bsm.org.cn，2006.03.14。

〔註120〕趙平安：〈《武王踐阼》「曼」字補說〉，http://www.gwz.fudan.edu.cn/articles/up/0320，2009.01.15。

是「屯」的訛變，「屯」和「肩」、「冕」聲音可通。趙平安則以為「乇」是「攴」或「又」形的訛變，楚系文字「肩」字加「攴」旁，學者已有共識；本簡「甂」字所加「乇」旁則為「又」旁之繁化，因此「甂」字其實就是「冕」字。劉雲的說法在字形詮釋和字音通假上都嫌迂曲，趙平安的說法則直捷明白，因此，此字的分析以趙平安所論較為合理。

故筆者同意「」字的「乇」旁應是「又」旁的訛寫，「」字應是「曼」字的異體。「曼」、「冕」的上古音皆屬明紐元部字。「帽」字在明紐幽部字，故以釋「冕」字較佳。

另外，楚簡《天子建州》中的、，的「肩」字隸作「甂」，從「肩」從「乇」。楚簡上的「肩」字，例如：（新乙四‧61）「肩伓（背）疾☒」；（上博一周26）；（上博五，君7），都是從「攴」，可見從「乇」和從「攴」可通，何琳儀《戰國文字通論（訂補）》一書提到戰國文字「形符互作」：「又」和「攴」形互作的情形，如「II寺」字，（郭店〈五行〉7）、（郭店〈六德〉24）。〔註121〕

總之，「」字隸為「甂」字釋為「冕」無誤。「乇」和「屯」字不類，「甂」字的「乇」旁，可能是「又」的訛寫，另一個證據是「乇」旁可以通「又」旁，故「」字應是「曼」字的異體，讀為「冕」，趙平安所說可從。

〔4〕瘉

楚簡的字，原考釋者釋為「踰」。「越過」之意：

> 「踰」，《說文‧足部》：「越也。」《淮南子‧主術訓》：「志之所在，踰於千里。」高誘注：「踰，猶過也。」

廖名春認為隸作「瘉」，即「逾」之省文，為「下」之意：

> 「瘉」，今本作「下」。「瘉」字從「俞」從「止」，「俞」為聲符，「止」為義符，從「止」即從「辵」省。「瘉」即「逾」之省文。包山二號墓楚簡244簡「逾」即作「瘉」（《包山楚簡》圖版107科學出版社1991）。「逾」，越。與「下」義近，故能通用。

何有祖在2007年〈上博簡《武王踐阼》初讀〉一文中時認為「逾」，訓為

〔註121〕何琳儀：《戰國文字通論（訂補）》，江蘇教育出版社，2003年1月，頁231。

下、降：

> 「逾」在《鄂君啟節‧舟節》、《老子》甲組 19 號簡以及《國語‧
> 吳語》中，訓為下、降。〔註122〕

復旦讀書會也認為「逾」字意為「降」、「下」：

> 「逾」字意為「降」、「下」，陳偉、李家浩等已言之。〔註123〕

《大戴禮記》作「王下堂，南面而立」可證。

何有祖在 2008 年末〈釋「當『楣』」〉一文中對此也補充說明：武王在阼
階上，與《儀禮‧鄉飲酒禮》「賓西階上，當楣北面答拜。」所述情形相似。
《儀禮‧大射》中提到「主人降」，包含下堂及階的含義在內：

> 「逾」字，復旦大學讀書會意為「降」、「下」可從。從《大戴禮
> 記》「王下堂，南面而立」看，此時武王確有下堂之舉，這裏用「逾」
> 較為合適。禮書也用「降」來表示下堂的意思，如《儀禮‧大射》：
> 「賓以虛爵降。主人降。賓洗南西北面坐奠觚，少進，辭降。主人西
> 階西、東面，少進，對。賓坐取觚，奠於篚下，盥洗。主人辭洗。賓
> 坐奠觚於篚，興對，卒洗，及階，揖升。主人升，拜洗如賓禮。賓降
> 盥，主人降。賓辭降，卒盥，揖升。酌膳，執冪如初，以酢主人于西
> 階上。主人北面拜受爵。賓主人之左拜送爵。」在賓下堂盥洗之時，
> 即「賓以虛爵降」，主人也會有下堂的動作，即「主人降」，這裏的
> 「降」都包含下堂及階的含義在內。簡文所述武王在這一過程中自
> 然會在階上停留，這與《儀禮‧鄉飲酒禮》：「賓西階上，當楣北面答
> 拜。」所述情形，較為相似。只是武王在阼階上而已。〔註124〕

侯乃峰在〈《上博七‧武王踐阼》小箚三則〉〔註125〕文中認為「逾」應直接

〔註122〕在何有祖：〈上博簡《武王踐阼》初讀〉，http://www.bsm.org.cn/show_article.php?
id=756，2007.12.04 中參考陳偉：《郭店竹書別釋》，湖北教育出版社，2003 年，頁
19～21。

〔註123〕復旦讀書會參看陳偉：《郭店竹書別釋》，湖北教育出版社，2003 年，頁 19～21。
李家浩：《包山卜筮簡 218～219 號研究》，長沙市文物考古研究所編《長沙三國吳
簡暨百年來簡帛發現與研究國際學術研討會論文集》，中華書局，2005 年 12 月，
頁 203 注釋 71。

〔註124〕何有祖：〈釋「當『楣』」〉，http://www.bsm.org.cn/show_article.php?id=915，2008.
12.30。

〔註125〕侯乃峰：〈《上博七‧武王踐阼》小箚三則〉，http://www.gwz.fudan.edu.cn/SrcShow.
asp?Src_ID=600，2009.01.03。

讀為「降」即可。「逾」和「降」有直接通假的例子：

> 「逾」字本當讀為「降」，毋煩以意近視之。今傳本《老子》三
> 十二章「以降甘露」之「降」，馬王堆漢墓帛書甲、乙本均作「俞」。
> 高亨先生以為二字通假（《古字通假會典》頁 13）。郭店簡《老子》19 簡
> 對應「降」的「逾」字形即同此篇之「逾」。

侯乃峰並舉劉釗的說法：「降」、「隆」聲韻相通，「隆」與「龍」音近，則「俞」
亦應該可以通「龍」，並舉何琳儀先生的說明：「『䛐』為『喻』之假借，非形
譌」為例證：

> 劉釗先生以為：「『俞』、『逾』就應該讀作今本的『降』字而不
> 需它讀。『降』字古音在見紐東部，而從降得聲的『隆』則在來紐
> 東部。古東、冬不分，典籍中『降』、『隆』相通之例很多。（原注
> 見高亨：《古字通假會典》，13 頁，齊魯書社，1989 年。）所以『降』
> 字與喻紐侯部的『喻』音亦可通。『隆』與『龍』因音近在典籍中
> 亦有相通之證。（原注：同上。）既然『俞』通『降』，從『降』得
> 聲的『隆』又通『龍』，則『俞』亦應該可以通『龍』。」（見劉釗《讀
> 郭店楚簡字詞札記》，《郭店楚簡國際學術研討會論文集》頁 76）

> 劉先生此說甚確。楚簡中類似通假現象還是很常見的。如郭店
> 《五行》47 簡：「䛐而智（知）之胃（謂）之進之；辟（譬）而智
> （知）之胃（謂）之進之。」「䛐」字，馬王堆漢墓帛書本作「喻」。
> 郭店楚簡原注釋後加「〈喻〉」，則是以為字形之訛誤。何琳儀老師以
> 為：「『喻』，定紐侯部；『䛐』，透紐東部，透、定均屬舌音，侯、東
> 陰陽對轉。《注釋》中之〈喻〉應更正為（喻）。換言之，『䛐』為『喻』
> 之假借，而非形譌。」（何琳儀《郭店竹簡選釋》，《文物研究》總第 12 輯，
> 黃山書社，1999 年 12 月）

侯乃峰又舉新蔡楚簡甲三 5「以逾」應當讀為「以降」。又如上博六《莊王既成》
3、4 簡「逾」與「上」對文，「逾」當讀為「降」以求諧韻：

> 此說實與劉釗先生之說相成。其它出土楚文字材料中，如鄂君
> 啟節以及新蔡楚簡中的「逾」字，凡是可以解釋為「降」、「下」一
> 類意思的，都應當讀作「降」。如新蔡楚簡甲三 5：「賽禱於荊王以
> 逾，訓（順）至文王以逾。」兩處「以逾」顯然都應當讀為「以降」。

再如上博六《莊王旣成》3、4 簡：「載之塼車以上乎？殹四骹以逾
乎？」其中「逾」與「上」對文，顯然亦當讀為「降」。先秦文獻中
此類謠辭往往是諧韻的，讀為「降」則與「上」東陽合韻。

侯先生再舉網友「雙刀客」的看法，佐證「逾」字亦當讀為「降」：

> 此處的「逾」字亦當讀為「降」。「降堂」與今傳本《大戴禮記‧
> 武王踐阼》篇的「（王）下堂」同意。再者，從典籍用例上說，「在
> 描寫人在建築物中下來時皆用『降』一詞，從不說『逾』，這也是必
> 須將『逾堂階』讀為『降堂階』的原因。」〔註126〕

秋貞案：

字當從廖名春所隸作「𧼁」，從「止」即從「辵」省。「𧼁」即為「逾」。
《郭店‧五行》簡47的「𪊨而智（知）之」的「 」字，如何琳儀和劉釗的
看法應讀為「喻」；《新蔡》簡甲三5有兩個「逾」字：「 」和「 」，應釋
為「逾」讀為「降」、《郭店‧老甲》簡19「以降甘露」的「降」字形「 」
也一樣均從「俞」從「辵」，應讀為「逾」。是故侯乃峰所說可從，「　　」字可
以直接讀作「降」即可，以今日比較通行的說法是「下」，屬動詞「走下」之
意。

〔5〕堂

楚簡本上「堂」的字形為「 」（以下以△代）。原考釋者釋「堂」為「高大
的建築物」：

> 「堂敨」，堂謂高大的建築物，如殿堂、殿宇、堂宇。《尚書‧
> 顧命》「立於西堂」，鄭玄注：「序內半以前曰堂。」

廖名春認為△字隸作「堂」，為「堂」字之異體：

> 「堂」，今本作「堂」。「堂」字隸定如無誤，下「止」當為「土」
> 之訛，系「堂」之異構。

何有祖在2007年〈上博簡《武王踐阼》初讀〉文中時也認為應為「堂」：

> 簡文「堂微」可以讀作堂廡。堂廡指堂及四周的廊屋。《列子‧
> 楊朱》：「廚之下，不絕煙火，堂廡之上，不絕聲樂。」《新序‧雜事》：
> 「黃鵠、白鶴一舉千里，使之與燕服翼，試之堂廡之下廬室之間」。

〔註126〕參復旦讀書會文下「雙刀客」先生發言。

簡文「逾堂廡」即從堂廡下來，說到底也是指從堂上下來。〔註127〕

復旦讀書會也釋「堂」：

> 簡文「逾堂階」，「逾」字意為「降」、「下」，陳偉、李家浩等已言之。〔註128〕《大戴禮記》作「王下堂，南面而立」可證。

但何有祖又於2008年〈釋「當『楣』」〉一文中又認為「堂敓」的「堂」字應該為「當」，而且屬下讀，即「逾，當楣」：

> 堂，從尚聲，疑下讀作「當」。《儀禮・鄉射禮》：「序，則物當棟；堂，則物當楣。」鄭玄注：「是制五架之屋也，正中曰棟，次曰楣。」堂，從尚聲，疑下讀作「當」。〔註129〕

李銳在〈《武王踐阼》研讀箚記〉一文中討論△字。李銳先討論《平王問鄭壽》簡7的「⿰」字，認為此字以陳劍所釋為「瞻」為好，陳劍認為「⿰」字的右旁可能是「甚」或是「詹」，但李銳認為此字可能是個雙聲字。字的右部，可能為「尚」之省，讀為「仰」，此字左半從「見」得聲，也可讀為「仰」。再從《忠信之道》簡3的「⿰」字若也釋為「尚」，則判斷△字上部應從「尚」：

> 「堂」字上部從「⿱」，不少學者對此字有過討論。陳劍先生指出《平王問鄭壽》簡7：的「溫恭淑惠，民是⿰望」的「⿰」字右半與「尚」和「甚」都不完全相同，字形分析方面有兩種可能，其一是將其看作「甚」之寫訛；其二是「詹」字之寫訛，並將之讀為「瞻」；同時提到《忠信之道》簡3，以及董珊先生對於司馬成公權的釋讀，認為「獨立的此字看樣子與此處簡文之字右半所從當無關。」諸家皆贊同陳劍先生之釋讀，但是董珊先生認為此字右旁就應當分析為從「雚」、「石（音擔）」聲，這樣自然可以讀為「瞻望」之「瞻」；劉釗先生贊同陳劍先生的第二種說法，為之作補充；孟蓬生先生則贊成第一種說法，並認為董珊、劉釗先生的意見尚有值

〔註127〕在何有祖：〈上博簡《武王踐阼》初讀〉，http://www.bsm.org.cn/show_article.php?id=756，2007.12.04。

〔註128〕參看陳偉：《郭店竹書別釋》，湖北教育出版社，2003年，頁19～21。李家浩：《包山卜筮簡218～219號研究》，長沙市文物考古研究所編《長沙三國吳簡暨百年來簡帛發現與研究國際學術研討會論文集》，頁203注釋71，中華書局，2005年12月。

〔註129〕何有祖：〈釋「當『楣』」〉，http://www.bsm.org.cn/show_article.php?id=915，2008.12.30。

得懷疑之處。

　　陳先生讀「」為「瞻」，合乎《詩經》，確實是比較好的選擇。不過此字亦或可能從左半的「見」得聲（古音見紐元部），讀為「仰」（疑紐陽部）。此字右部，或可能為「尚」之省（原整理者即隸定右半為「尚」），也可能讀為「仰」（尚為禪紐陽部字，但是它也與見紐陽部的字相通，如棠棣亦作唐棣），此字或可能是一個雙聲字。《孟子‧離婁下》篇末「齊人有一妻一妾者」章中，妻就對妾說：「良人者，所仰望而終身也。」

　　以「」為尚，也有利於本篇與傳世本《武王踐阼》的對應。傳本此處作「王下堂」，簡本此處，整理者讀為「逾堂微」，具體如何釋讀待考，但是「」字上部從「尚」聲當不誤。

　　以「」為尚，也比較好解釋《忠信之道》簡 3 的「」字。「訇而者尚，信之至也」，疑當讀為「陶而著常，信之至也」。《忠信之道》開篇的「不訛不陶，忠之至也」中，「訛」、「陶」均為變化之義。不變為忠；雖變化而有常，則為信。

　　至於「」字可以讀為「權」（古音群紐元部字），或許和「尚」能與見紐陽部字相通有關。〔註130〕

秋貞案：

本簡的△字，字形應是從「尚」從「立」，隸為「堂」字，在楚簡上出現過，當不陌生。如：

（尚）　　（郭店‧老甲）「保此道者，不欲尚盈」

（當）　　（上（二）容成氏‧三六）「當是時也」

本簡的△字形上部從「」，當為「尚」之省，此形和郭店《忠信之道》簡 3 的「」字如出一轍，此字釋為「常」，和「尚」字上古音都是禪紐陽韻，聲韻俱同。故「」當為「尚」字，無誤。△字的下半部是「立」形，其實和「土」形也有互通之例。在何琳儀的《戰國文字通論（訂補）》中提到戰國文字的演變有「形近互作」的例子，例如：〔註131〕

〔註130〕李銳：〈《武王踐阼》研讀箚記〉，http://www.confucius2000.com/admin/list.asp?id=3861，2008.12.31。

〔註131〕何琳儀：《戰國文字通論（訂補）》，江蘇教育出版社，2003 年，頁237。

「壯」 　𤯓（《中山》31）、𤯓（者汈鐘8）

「均」 　坿（《璽文》13.6）、𤔔（《璽文》13.6）

是故△字上從「尚」下從「土」形正象《上博五〈君子為禮〉》簡8「其在堂則……」的「堂」字，「[image]」字字形漫漶，如果試圖將之還原，可見如「[image]」字形，顯然上部從「尚」下從「土」，此字和本簡△字實在是一字之異體。而且對照今本「王下堂」，可以和「逾堂歒」一句對應，故釋為「堂」無誤。

〔6〕歒

楚簡本上「歒」的字形為「[image]」（以△代）。原考釋者釋「歒」，其義與「階」略同，作「低微」之意：

「歒」，其義與「階」略同。《說文》：「階，陛也。」《漢書‧賈誼傳》：「人主之尊譬如堂，羣臣如陛。」「歒」作「低微」解。

廖名春認為△字隸作「歒」，讀為「微」，「微」與「機」義同，「機」又與「階」通：

「歒」讀為「微」。《石鼓文‧馬薦》「歒歒」即讀為「微微」（郭沫若《石鼓文研究‧詛楚文考釋》，科學出版社，1982，頁79）。郭店楚簡《六德》篇第38簡「歒」也讀為「微」。「微」與「機」義同。《睡虎地秦簡‧為吏之道》有「微密」之說（北京文物出版社1990，頁167），《管子‧霸言》稱「獨斷者，微密之營壘也」，「微密」即「機密」。而「機」與「階」通。《易‧渙》九二：「渙奔其機」帛書《易經》、帛書《繆和》「機」皆作「階」（廖名春《馬王堆帛書周易經傳釋文》，《續修四庫全書》經部易類第1冊，上海古籍出版社，1995，頁14、40）。《繫辭》上：「則言語以為階。」《經典釋文》：「階，姚作機。」

何有祖在2007年〈上博簡《武王踐阼》初讀〉一文時，他認為△字釋「階」不妥。「微」疑讀作「廡」有聲韻關係，並舉證古書上的例證：

階，簡文作「微」，廖文讀作階，以與篇名《武王踐阼》相配合，恐有不妥。按：從字形看應是「微」。《大戴禮記‧武王踐阼》僅有開頭作「武王踐阼」，提及「階」。簡文「逾堂微，南面而立」，《大戴禮記‧武王踐阼》作「王下堂，南面而立」。可見「逾堂微」

即對應「下堂」。「微」疑讀作「廡」。〔註132〕微、廡上古同在明紐，韻在分別屬於微、魚部。楚方言中微部字與魚部字或可以通作，微可讀作無，如《楚辭·遠遊》：「朝發軔於太儀兮，夕始臨乎於微閭。」王逸引《爾雅》：「東方之美者，有醫無閭之珣玗琪焉。」「醫無閭」作「於微閭」，乃語聲之轉（湯炳正《楚辭今注》，上海古籍出版社，1996年，頁187〜188）。簡文「堂微」可以讀作堂廡。堂廡指堂及四周的廊屋。《列子·楊朱》：「庖廚之下，不絕煙火，堂廡之上，不絕聲樂。」《新序·雜事》：「黃鵠、白鶴一舉千里，使之與燕服翼，試之堂廡之下廬室之間」。簡文「逾堂廡」即從堂廡下來，說到底也是指從堂上下來。〔註133〕

復旦讀書會認為△釋為「幾（階）」：

> 簡文 [字] 亦當釋為「幾」，讀為「階」。〔註134〕

另外何有祖在2008年末〈釋「當『楣』」〉文中，又對此發表另一種看法。他認為△應讀作「楣」：

> 微，簡文作 [字]，復旦大學出土文獻與古文字研究中心研究生讀書會謂簡文亦當釋為「幾」，讀為「階」。並謂簡文「逾堂階」與《大戴禮記》「王下堂，南面而立」相互印證。
>
> 按：郭店《六德》38號簡「微」字作 [字]，與之左部形同，應是「微」字。「微」可讀作「楣」。指房屋的次梁。《儀禮·鄉射禮》：「序，則物當棟；堂，則物當楣。」鄭玄注：「是制五架之屋也，正中曰棟，次曰楣。」〔註135〕

季師旭昇認為△釋為何字並未定論，但是對比今本，應讀為「階」比較合理：

〔註132〕何有祖案：「微」似亦可讀作「楣」。「楣」可指前梁。《儀禮·鄉飲酒禮》：「賓西階上，當楣北面答拜。」鄭玄注：「楣，前梁也。」不過釋「楣」如何與事理相合，尚待進一步考慮。

〔註133〕何有祖：〈上博簡《武王踐阼》初讀〉，http://www.bsm.org.cn/show_article.php?id=756，2007.12.04。

〔註134〕簡文「幾」，字形為 [字]，整理者原釋「散」，讀為「微」，細審字形，此字當為「幾」，查下文第7簡「機」字作 [字] 可證。

〔註135〕何有祖：〈釋「當『楣』」〉，http://www.bsm.org.cn/show_article.php?id=915，2008.12.30。

簡6以單句論，何有祖先生讀為「當㪇（楣）」似乎也可通，但是整句作「逾，當楣」，「逾」字似乎缺少受詞，不如復旦讀書會讀為「逾堂階」來得更合適。加上「逾堂階」的讀法有今本《大戴禮記》「王下堂」的對比，說服力更強一些。〔註136〕

小龍認為△釋為「㪇」，「㪇」、豈、幾聲字相通之例，故不妨讀為「階」：

我們認為釋 ▨ 、▨ 應釋為「㪇」字，主要有兩個原因。其一，雖然楚文字中戈、攴偏旁通用現象習見，但楚文字中，兩種形體的幾字皆從戈，無一例從攴者；而「㪇」字皆從攴，無一例從戈者，或是時人有意區別；其二，楚簡中「岂」旁、豈旁上部有寫作 ▨ 形者，而幾字上部未見到寫作 ▨ 形者，也就是并未見過 ▨ 形幾字，釋 ▨ 字為「㪇」字更好。

綜上，我們認為仍應將 ▨ 、▨ 字釋為「㪇」字。但由於楚簡中亦不乏「㪇」、豈、幾聲字相通之例（參白於藍《簡牘帛書通假字字典》，福建人民出版社，2008），釋其為「㪇」字，也並不妨礙將其讀為豈、階，上文所引辭例的釋讀尚可再考慮。〔註137〕

劉信芳認為△讀為「豈」，屬下讀，「豈南面而立」，但又沒有在文獻上找到直接的證據，所以又認為讀為「幾」也許較順暢：

㪇，讀為「豈」，《說文》：「一曰欲也，登也。」段注改為「一曰欲登也」，云：「欲登者，欲引而上也。凡言豈者，皆庶幾之詞，言幾至於此也。」簡文的大意是，武王逾堂，欲南面而立，因師尚父云云，遂改為東面。則讀㪇為「豈」于文意吻合。惟筆者檢索經典尚未見到「豈南面而立」類似例，則讀為「幾」也許更順暢一些。今本無「㪇」字，疑經師以其彆扭而刪去。〔註138〕

林清源在〈上博簡《武王踐阼》「幾」、「微」二字考辨〉〔註139〕一文中認

〔註136〕季師旭昇：〈上博七芻議〉，http://www.gwz.fudan.edu.cn/SrcShow.asp?Src_ID=588，2009.01.01。

〔註137〕小龍：〈也說「幾」、「（微—彳）」〉，http://www.gwz.fudan.edu.cn/SrcShow.asp?Src_ID=593，2009.01.02。

〔註138〕劉信芳：〈《上博藏（七）》試說（之三）〉，http://www.gwz.fudan.edu.cn/SrcShow.asp?Src_ID=669，2009.01.18。

〔註139〕林清源：〈上博簡《武王踐阼》「幾」、「微」二字考辨〉，http://www.bsm.org.cn/show_article.php?id=1155，2009.10.13。

為△釋為「敆」，讀為「階」，不同意「低微」或「庶幾」這兩種說法。「堂敆」二字，則以讀為「堂階」最為允當：

> 《上博七‧武王踐阼》簡2「（王）逾堂敆，南面而立」句，今本作「王下堂，南面而立」，這兩種版本對勘即知，「逾」字應相當於「下」字，此二者在句中都用作趨向動詞，表示周武王移換位置的動作趨向。下文的「堂」字，是指君王視事的殿堂。緊接其後的「敆」字，應指某種宮殿建築設施，是周武王移換位置過程中必經的處所。由文意脈絡推敲可知，前述將「敆」字訓作「低微」或「庶幾」這兩種說法，均與該句辭例扞格不合，應可優先別除。

林清源又接著對「階」、「楣」或「廡」等三類說法加以分析。他認為何有祖在2008年的說法將簡文斷讀作「（王）逾，當楣」，其中「逾」字後缺少一個受格名詞搭配，又所舉《儀禮‧鄉飲酒禮》這段文字佐證不恰當：

> 剔除訓作「低微」或「庶幾」二說之後，其餘七說均將B字理解為某種宮殿建築設施，且其意見可以整併為讀作「階」、「楣」或「廡」等三類。

> 先檢討讀作「楣」的說法，何有祖先生2008年提出此說，其實是與將該句簡文斷讀作「（王）逾，當楣南面而立」相搭配，他還引用《儀禮‧鄉飲酒禮》云：「主人阼階上，當楣北面再拜。賓西階上，當楣北面答拜。」做為佐證。但是，在《鄉飲酒禮》那段文字中，兩個「上」字皆為趨向動詞，其前均有「阼階」、「西階」之類的處所名詞與之搭配。《上博七‧武王踐阼》簡2「（王）逾堂敆南面而立」句，若採用何有祖先生2008年的斷句與釋讀，則趨向動詞「逾」字前後皆無處所名詞與之搭配，整個句式結構變得不太完整，且與《鄉飲酒禮》那段文字明顯有別，二者難以互相佐證。更重要的是，若採何氏之說，則周武王移動位置以承接先王之書的過程，將無端多出「當楣」這項動作，使得上博本與今本之間出現較大的落差，導致這兩種版本的異文關係更難以合理疏通。

林清源又分析何先生2007年提出的「廡」字，雖這一說法沒有得到其他學者的認同，但是有其可能性：

> 接著檢討讀作「廡」的說法，此說是由何有祖先生於2007年所

提出，他指出上古音「敗」字屬明紐微部，「廡」字屬明紐魚部，而楚方言中微部字與魚部字可以通作，例如《楚辭‧遠遊》：「朝發軔於太儀兮，夕始臨乎於微閭。」王逸引《爾雅》：「東方之美者，有醫無閭之珣玗琪焉。」其中「醫無閭」或作「於微閭」，同樣是「無」、「微」二字語聲之轉，由此可知「敗」應讀作「廡」。但是，此說刊布之後，一直未能獲得學者認同，甚至連何有祖先生也已自行放棄，而於隔年另創前述讀為「楯」的新說。

　　將 B 字讀為「廡」的說法，儘管未能獲得學者支持，但此說未必全無可取之處。茲嘗試補充說明如下。「廡」字《說文》訓作「堂下周屋」，因而古籍往往「堂」、「廡」連稱。例如《列子‧楊朱》：「庖廚之下，不絕煙火；堂廡之上，不絕聲樂。」其中的「庖廚」與「堂廡」對文，前者是由兩個同義詞所組成的疊義複合詞，後者是由兩個近義詞所組成的偏義複合詞，上文「庖廚」與「廚」同義，下文「堂廡」也應與「堂」近義。又如《論衡‧詰術》：「門之掩地，不如堂廡，朝夕所處，於堂不於門。」其中的「堂廡」與「堂」二者，一前一後分別與「門」字對應，足見它們所指涉的事物應當相去不遠。再如〔南朝〕鮑照《傷逝賦》：「循堂廡而下降，歷幃戶而升基。」前句「下降」與「堂廡」搭配，猶如今本〈武王踐阼〉「下」與「堂」搭配。據此理解《上博七‧武王踐阼》簡文，則知「逾堂敗」未嘗不可讀作「逾堂廡」，此處的「堂廡」應與「堂」同義。若從前述觀點考慮，此說似乎尚可暫時保留。

林清源雖認為釋「廡」可保留，但後來又分別針對各家同意釋「階」的說法加以分析，得到結論：「堂敗」二字，以讀為「堂階」最為允當。他說：

　　最後檢討讀作「階」的說法，廖名春、陳佩芬、復旦讀書會、小龍先生等人皆主張此說，乍看之下，他們的結論似乎頗為一致，但仔細查看他們的論證方法，卻是各闢蹊徑，缺乏基本共識。

　　廖名春先生採用三段論式：先說「微」與「機」詞義相同，再說「機」與「階」語音相近，最後得出結論「敗」應讀作「階」。然而，在操作三段論式時，有一個重要環節必須先行確認，即大前提與小前提應屬於同一個層次或同一個範疇的概念。打個比方來說，

某甲與某乙同為黃種人，某乙與某丙同為中國人，此時我們不能貿然推論某甲必然為中國人，因為黃種人與中國人分屬兩個不同層次或範疇的概念，某甲也有可能是其他國家的黃種人。依據邏輯推論原則來看，「微」與「機」屬於語義範疇的同近關係，而「敚」與「階」則是屬於語音範疇的通假關係，二者所表的概念分屬兩個不同層次，顯然無法由前者推導出後者。

陳佩芬先生對於 B 字的釋讀問題，似乎有意含糊其辭，僅說「敚」字的詞義與「階」字略同，卻未列舉具體的文獻證據，以致讀者難以進行核驗。根據筆者初步查閱先秦文獻的結果，迄今仍未發現「敚」字可直接訓作「階」的實際例證，由此推估陳先生之說恐怕缺乏可靠的文獻依據。

復旦讀書會的論證方式，則是先將 B 字釋作「幾」，再證明「幾」字與「階」字語音相近，所以 B 字可以讀作「階」。但是，「幾」、「敚」二字構形有別，上文已經證明 B 字應釋作「敚」，不能釋作「幾」，所以復旦讀書會的論證方式不能成立。

小龍先生贊成將 B 字釋作「敚」，又因楚簡中不乏「兌」、「豈」、「幾」聲之字相通的例證，認為「敚」字可讀作「階」。比較可惜的是，對於「敚」聲字與「皆」聲字的語音關係，以及這兩組諧聲字的通假例證，小龍先生均未提出具體的說明。若由上古音的聲韻關係來看，「敚」字屬明紐微部，「階」字屬見紐脂部，此二字韻部旁轉可通，其聲紐雖有唇音與牙音之隔，但明紐與見紐仍可通假往來，例如「岡」字從「網」得聲，「岡」字屬見紐，而「網」字則屬明紐；又如《郭店‧老子甲》簡25「其幾也」，今本作「其微也」，而「幾」、「微」二字即分屬見、明二紐。因此，若就語音關係考慮，「敚」字確實有可能讀為「階」。

總結上文的討論可知，《上博七‧武王踐阼》簡2的B字應釋作「敚」。若是單純就文字訓詁的層面考慮，簡文此處的「敚」字，既有可能讀為「廄」，也有可能讀為「階」，此二說似乎可以暫時並存。然而，觀察上文所引《列子‧楊朱》、《論衡‧詰術》、《傷逝賦》

諸例，那些「堂」字所以贅稱為「堂廡」，主要是因對偶修辭的緣故。但在《上博七·武王踐阼》的序文中，「敳」字並不存在對偶修辭的問題，此處「堂」字沒有必要贅稱為「堂廡」，所以簡文的「堂敳」不宜讀作「堂廡」。

據〈武王踐阼〉序文的記載，周武王為了表達對先王禮敬之意，在受書典禮前三天即開始齋戒，典禮當天還穿上正式的禮服，由高堂上面走下來，東面而立，恭敬地承接先王丹書。周武王要由高堂走下來，到達東面而立受書的地點，途中必經的宮殿建築設施，只能是「階」，不可能是「廡」。因此，簡2「敳」字宜讀作「階」，上博本的「（王）逾堂敳」句，今本作「王下堂」，二者的意思都是王從高堂走下來，只不過上博本特別強調王是沿著階梯走下來而已。〔註140〕

秋貞案：

整理以上學者的說法，依發表時間先後表列如下：

	發表人	內　容
1	原考釋	釋「敳」，其義與「階」略同，作「低微」之意。
2	廖名春	隸作「敳」，讀為「微」，「微」與「機」義同，「機」又與「階」通。
3	何有祖 2007	釋「微」疑讀作「廡」。
5	讀書會	釋「幾」讀為「階」。
6	何有祖 2008	釋「微」讀作「楣」。
7	季師旭昇	釋為何字並未定論，但是對比今本，應讀為「階」。
8	小龍	釋為「敳」，「敳」、豈、幾聲字相通之例，故不妨讀為「階」。
9	劉信芳	讀為「豈」，屬下讀：「豈南面而立」，但又沒有在文獻上找到直接的證據，所以又認為讀為「幾」。
10	林清源	釋為「敳」，讀為「階」。

這個字各家討論熱烈，尤以林清源分析最為詳細。筆者同意林清源對△字的考釋論證，只有一點不同意見：筆者在簡1的「▨」字已作一番論證考釋，將△字和簡1的「▨」字一起比較，這兩字的字音上都和「幾」字有關，字形上所作的推論也顯示「幺」形和「彐」形可以雙向互作，這兩字是同一字之異

〔註140〕林清源：〈上博簡《武王踐阼》「幾」、「微」二字考辨〉，http://www.bsm.org.cn/show_article.php?id=1155，2009.10.13。

體，可以隸作「幾」。故簡2△應隸為「幾」（見紐微部），讀為「階」（見紐脂部），聲同韻為旁轉。再對比今本文獻「王下堂」及「武王踐阼」為開頭，武王應是從堂上的階梯走下來，所以讀為「階」是比較合理。

2. 整句釋義

武王齋戒三天之後，穿戴整齊的禮服和禮帽，從堂上的階梯走下來。

（七）南面〔1〕而立。帀上父曰：「夫先王之箸不异北面〔1〕。」

1. 字詞考釋

〔1〕南面

原考釋者釋「南面」，即面向南方，這是人君之位：

> 「南面」，面向南，古人君聽治之位居北，其面向南，故稱人君曰南面。《論語・雍也》：「子曰：雍可以使南面。」朱熹注：「南面者，人君聽治之位。」《莊子・齊物論》：「昔者，堯問於舜曰：我欲伐宗、膾、胥敖，南面而不釋然，其故何也？」王先謙《集解》：「南面，君位也。」

〔2〕夫先王之箸不异北面

原考釋者認為傳授先王之道的丹書，不可以面向北，因為北面是賓位：

> 讀為「夫先王之書不與北面」。此句今本作「先王之道，不與北面」。「先王之書」，指記載黃帝、顓頊、堯、舜之道的丹書。「异」，「與」之古字。「不與」，《列子・楊朱》：「古之人，損一毫利天下，不與也。」即「不為也」，「不可以為」。此句是說師尚父認為傳授先王的丹書，不可以位於北面。北面是賓位。

秋貞案：

在這裡有關方位的述敘，可以顯現尊卑和主賓的關係。古籍中的「東面」、「西面」、「南面」、「北面」的「面」字應作動詞，實是「面東」、「面西」、「面南」、「面北」之意。古代的典籍中常見以「南面」為人君之位、「東面」為主位。如果君在「南面」，對應的臣就會在「北面」，所謂的「南面為君，北面為臣」。原考釋謂「北面是賓位」，恐誤。北面當是「臣位」。

今本此句為「師尚父曰：『先王之道，不北面』」比簡本還少了幾個字，但

意思都是一致。《禮記‧學記》有一段話言及師道：〔註141〕

　　　「凡學之道，嚴師為難，師嚴然後道尊，道尊然後民之敬學，

是故君之所不臣於其臣者二：當其為尸，則弗臣也；當其為師，則

弗臣也。大學之禮雖詔於天子，無北面，所以尊師也。」

鄭玄注：「尊師重道焉，不使處臣位也。」孔《疏》的一段話也表示，為尊師之告授，而暫時可以不以臣子之禮待之，目的都是為了尊師以及尊師所告授之道：

　　　此一節論師德至善，雖天子以下必須尊師。是故君之所不臣於其

臣者，二者。二謂當其為尸及師，則不臣也，此文義在於師並言尸者，

欲見尊師與尸同。當其為尸，則弗臣也者，若不其時，則臣之。案《鉤

命決》云：『暫所不臣者五，謂師也、三老也、五更也、祭尸也、大

將軍也，此五者，天子諸侯同之』此唯云尸與師者，此經本意，據尊

師為重，與尸相似，故特言之，所以唯舉此二者，餘不言也。又案《鉤

命決》云：『天子常所不臣者三，唯二王之後、妻之父母、夷狄之君

不臣。』二王之後者，為觀其法度，故尊其子孫也。不臣妻之父母者，

親與其妻共事先祖，欲其歡心。夷不臣狄之君者，此政教所不加謙，

不臣也。諸侯無此禮。」大學之禮雖詔於天子，無北面，所以尊師也

者，此證尊師之義也，此人既重故，更言大學也。詔，告也。雖天子

至尊，當告授之時，天子不使師北面，所以尊師故也。

　　是故，不論簡本或今本在此處所書，顯現師尚父正以「尊師重道」之禮教授武王，武王要以恭敬的態度聆聽「丹書」所載之先王要道，並且以所站的「方位」反應出「禮」的重要關係。

　　2. 整句釋義

　　（武王）面向南而立。師尚父說：「先王的丹書，不能面向北告授。」

（八）武王西面而行，枏〔1〕折而南，東面而立。

　　1. 字詞考釋

　　〔1〕枏

〔註141〕《禮記‧學記》，《十三經注疏》，清阮元，文選樓藏本，新文豐出版。

簡本上的字形「」（以下以△代），原考釋者釋為「柚」，「曲折」之意也：

> 「柚」，從木，曲聲，讀作「曲」。《廣雅・釋詁》：「曲，折也。」

「曲折」，謂彎曲迴轉。

張崇禮〈釋《武王踐阼》的「矩折」〉〔註142〕一文中有不同的看法：

> 「曲」字見於上博五《季康子問孔子》第 23 簡，作，又見於上博五《弟子問》第 13 簡，作，和 A 字右旁相差甚遠，llaogui 先生的懷疑是很有道理的。

張崇禮認為△字右旁所從為「巨」，以上博五《三德》簡 17 的「」字來看，認為其筆順和其一致，而且認為「巨」即規矩之本字，加上「木」旁為繁構：

> 我們認為 A 右旁所從為「巨」，應是「柜」字。「柜」見於仰天湖第 8 簡，作；又見於信陽 02-3 簡，作。「巨」見於上博五《弟子問》第 19 簡，作。從「巨」的「岠」見於上博五《三德》第 17 簡，作。和上引諸字所從的「巨」相比，A 字所從的「巨」中豎有所彎曲，但從筆順及最後一筆的筆畫走勢看，和《三德》的所從的「巨」還是非常一致的。

> 仰天湖和信陽簡的「柜」，都應訓為「匧」，盛具，即「匱」、「櫃」。這個意義用在《武王踐阼》中顯然是不合適。我們認為應把 A 釋為「矩」，是畫直角或方形用的曲尺。《正字通》：「矩，為方之器。」《荀子・不苟》：「五寸之矩，盡天下之方也。」楊倞注：「矩，正方之器也。」

> 馬王堆漢墓帛書《經法・四度》：「規之內曰員，榘之內曰（方）。」《相馬經》：「方骨中榘者。」其中的「榘」，也是「矩」。

> 《說文》：「巨，規巨也。」「巨」即規矩之本字，「柜」當是其繁體，字又作「榘」。

張崇禮引《禮記・玉藻》：「周還中規，折還中矩」一句，加強說明武王的「矩折」是合於禮制，表現態度的莊重和嚴肅：

> 《禮記・玉藻》認為古之君子應當「周還中規，折還中矩」。簡文「武王西面而行，矩折而南，東面而立」，一方面武王正好傳了

〔註142〕張崇禮：釋《武王踐阼》的「矩折」，http://www.gwz.fudan.edu.cn/SrcShow.asp?Src_ID=620，2009.01.05。

一個九十度的直角，另一方面武王的動作合乎古之君子的行動規範，也反映了他態度的莊重和嚴肅。

劉雲在〈說上博簡中的從「屯」之字〉〔註143〕一文中認為△字右上部分是「磬」的象形初文：

> 海天網友認為「柚（曲）字原釋可疑，匸形中的形體似乎與色所從的卪旁相近」。llaogui、海天二網友對整理者考釋的懷疑是很有道理的，D右旁與「曲」字實不相近，但海天網友對D的分析是不正確的。

> 我們認為D的右旁其實是由兩部分構成的：右上部分是「磬」的象形初文。「磬」的象形初文一般在磬體的頂部有表示懸繩的「屮」，而D的右上部分卻沒有這個「屮」，這似乎是認定其為「磬」的象形初文的障礙。不過不從「屮」的「磬」的象形初文雖然少見，但也不是沒有的，這種「磬」的象形寫法在甲骨文中可以尋到蹤影。甲骨文中「磬」字一般寫作 （《甲骨文合集》317），「磬」的象形初文部分在磬體的頂部有表示懸繩的「屮」，但也有不從「屮」的，如 （《甲骨文合集》20588），此字略有殘缺，但字的結構還是依稀可辨的：右從攴，左邊所從就是「磬」的象形初文，此象形初文就不從「屮」。

> 戰國文字中的「聲」字有如下之形：
> （集粹）、 （珍秦117）

> D中「磬」的象形初文部分與戰國文字中「聲」字所從的「磬」的象形初文（去掉表示懸繩的部分）十分相似，這進一步印證了我們的說法。

劉雲又主張此字左旁的「木」形也可能是甲骨文「磬」字左上所從「屮」形的訛變，而右旁則從「屯」聲：

> 右下部分就是我們上文討論過的B，也就是「屯」字，只不過此處的「屯」字比B又少了一短橫，這大概是因為B的形體與一般的

〔註143〕劉雲：〈說上博簡中的從「屯」之字〉，http://www.gwz.fudan.edu.cn/SrcShow.asp?Src_ID=618，2009.01.05。

「屯」字有了一定的距離，表意性大幅度降低，人們誤以為此短橫為羨筆，遂又將此短橫省掉了造成的。

這樣 D 可分析為從木從声從屯，可以隸定為榐。此字很可能就是「磬」字，「木」代表的是懸掛磬的支架，右上部分代表的是懸掛著的磬，右下部分是「屯」聲。

不過結合甲骨文中的「磬」字來看，D 左部的「木」旁也有可能是從甲骨文中「磬」字頂部表示懸繩的「屮」形演變而來：「屮」先演變為「木」，再由字的頂部移到左部，這樣演變應該是為了字形的美觀，不使字形過于狹長。當然也有可能是「屮」形先移到字的左部，然后再演變為「木」，不過從「屮」形在文字中經常位於字的頂部來看，這種可能性不大；結合甲骨文中的「磬」字來看，D 所從的聲旁「屯」也有可能是從甲骨文「磬」字中的「殳」旁演變而來，這應該屬於變形聲化的範疇。

下面我們再來說一說為什麼「屯」可以作「D」的聲旁。上文我們說過了「屯」與「全」可通，從「全」聲的「輇」與從「巠」聲的「輕」可通，而從「巠」聲的「窒」與從「殸」聲的「磬」可通，從「巠」聲的「硜」與「磬」可通（《古字通假會典》頁 55【窒與磬】條、【硜與磬】條）。《說文解字》中「磬」字古文從「巠」（《說文解字》頁 195）。

劉雲再提出文獻資料說明「磬折」一詞是有根據的。他把「磬折」理解成「拐了個像磬的形體一樣的彎」，「磬折而南」是「折而南」的形象化，以前的典籍有之，後來不常用，而用「折」來替代：

D 所處的文句是（釋文用通行字寫出）：武王西面而行，D 折而南，東面而立。

此句大意十分明了，問題只是出在「D 折」上。整理者將 D 釋為「柚」，讀為「曲」，認為「柚（曲）折」的意思是「彎曲迴轉」。且不說整理者釋字的正確與否，也不說「曲折」作為一個表示「彎曲迴轉」意思的詞在先秦出現與否，單就整理者所理解的「柚（曲）折」來說，恐怕也是講不通的，因為武王為什麼要「彎曲迴轉」地向南走呢？

根據我們上文對 D 的釋讀，「D 折」就應是「磬折」了。「磬折」一詞文獻中常見，如：《周禮‧考工記‧韗人》：「為皋鼓，長尋有四尺，鼓四尺，倨句，磬折。」鄭玄注：「磬折，中曲之，不參正也。」

《禮記‧曲禮下》：「立則磬折垂佩。」孔穎達《正義》：「臣則身宜僂折，如磬之背，故云『磬折』也。」

《史記‧滑稽列傳》：「西門豹簪筆磬折。」張壽節《正義》：「磬折，謂曲體揖之，若石磬之形曲折也。」

《后漢書‧馬援傳》：「述鸞旗旄騎，警蹕就車，磬折而入。」李賢注：「磬折者，屈身如磬之曲折，敬也。」

《文選‧潘岳〈笙賦〉》：「訣厲悄切，又何磬折。」李善注：「磬折，言其聲若磬形之曲折也。」

從上揭文例來看，「磬折」的意思從根本上說就是像磬的形體一樣曲折。

《武王踐阼》3 號簡中的「磬折」可能有兩種意思：一種表示人身體彎曲的狀態。這樣「磬折而南」的表面意思就是彎著身子向南走，深層的意思就是畢恭畢敬地向南走。這樣解釋能和「武王鉝（齋）三日，耑（端）備（服）C（冕）」相呼應，都是說的武王虔敬之情的外在表現；一種表示拐了個像磬的形體一樣的彎。這樣「磬折而南」的意思就是拐了個像磬的形體一樣的彎向南走。這樣理解能和《大戴禮記‧武王踐阼》中對應的語句「折而南」有個統一的解釋（黃懷信主編《大戴禮記彙校集注》，頁 644～645）。

我們認為第一種解釋是不可取的，因為若說武王虔敬，不應該只在武王行走了一半的時候，即向南走的時候說「磬折」，應該在「西面而行」、「東面而立」的前面也說「磬折」。或者只在武王開始行走的「西面而行」之前說「磬折」，后面的承前省略。

第二種解釋顯然避免了第一種解釋的問題，而且還和傳世文獻中的意思對應上了，這種解釋無疑是正確的。傳世文獻中的「折而南」可能是「磬折而南」的簡省的說法，或者說「磬折而南」是「折而南」形象化的說法，我們更傾向於後一種說法，因為文獻中表示拐彎這個意思的詞夫都是用「折」字來表示的，如：

《淮南子・覽冥》:「河九折注于海。」高誘注:「折,曲也。」

《大戴禮記・勸學》:「折必以東西,似意。」王聘珍《解詁》:「折,謂曲折。」

《荀子・宥坐》:「其萬折也必東。」楊倞注:「折,縈曲也。」

傳世文獻《大戴禮記・武王踐阼》中對應於簡本「武王西面而行,磬折而南,東面而立」的文句,異文特多,但都沒有作「磬折」的,這是我們傾向於「磬折而南」是「折而南」形象化的說法的又一個原因。簡本中之所以會出現「磬折」這個詞,大概與當時這個詞的普遍使用有著密切關係,但又由於拐彎這個意思很少用「磬折」這個詞來表示,所以後世又將這個詞換為「折」。

侯乃峰在〈上博(七)字詞雜記六則〉[註144]一文中對△字的看法,認為從字形上看和「柚」字不類,而且既然有「折」字能表其意,又何必再加一「曲」字:

所在簡文作「武王西面而行,△折而南,東面而立」,今傳本《大戴禮記・武王踐阼》作「王行西,折而南東面而立」。同時,由於今傳的諸多版本在「折」字之前都不見有其他字,存在的記錄(黃懷信主撰:《大戴禮記彙校集注》頁 644~645),加之此字右部構形在楚簡文字中缺少可資比勘者,因而△字形的分析頗為麻煩。

原整理者將此字釋為「柚」,以為:從木,曲聲,讀作「曲」。《廣雅・釋詁》:「曲,折也。」「曲折」,謂彎曲迴轉。此句意為:武王向西面行走,轉至南面,到東面而立(馬承源主編《上博(七)》2008,頁 153~154)。復旦讀書會從之。

此字釋「柚」確屬可疑。首先是字形與「曲」不合,楚簡中所見的「曲」字形如下:

上博(五)《季庚子問於孔子》23　　上博(五)《弟子問》13[註145]

〔註144〕侯乃峰:〈上博(七)字詞雜記六則「〈柩(?頤?)折《武王踐阼》簡 3〉」,http://www.gwz.fudan.edu.cn/articles/up/0327,2009.01.16。

〔註145〕李守奎,曲冰,孫偉龍編著:《上海博物館藏戰國楚竹書(一~五)文字編》,作家出版社,2007 年 12 月第 1 版,頁 582。

　　其次，讀為「曲折」與文意亦不諧。整理者所引的《廣雅‧釋詁》「曲，折也」已經可以說明，若簡文僅是想平實地敍述武王轉折向南，則用一「折」字就可以了，何必再加一「曲」字？所以，簡文此處的△字最有可能是用來描述武王「折而南」之狀態，而讀為「曲折」實與此字可能的作用相悖，故恐不可取。

侯乃峰認為劉雲和張崇禮的看法也言之成理，他則提出另一個看法，他釋△字為「頤」：

　　以上兩位先生對此字在簡文中的含義及作用的理解是很可取的，〔註146〕且在分析字形時都將此字右部看作是一件具體的器物，此種思路無疑也是很有道理的，關鍵是其究竟當為何物的問題。如果僅從字形變化上看，我們懷疑此字右部有可能是「臣」字的減省寫法。

　　金文中從「臣」的「姬」字作如下形（容庚編《金文編》1985 頁 787 ～790）：

　　于省吾先生以為甲骨文中的「臣」象梳比之形（于省吾《釋臣》，《甲骨文字釋林》，中華書局，1979 頁 66～67），獲得較為普遍的認同。曹建國先生以為「頤」非梳比之本字，其本義當為形似梳比的農具銍、鐮之屬（《楚竹書〈周易‧頤〉卦新釋》，http://www.bsm.org.cn/show_article.php?id=125，2005.12.05），未免拘泥。上古時代同名而異物者甚多，如「錢」、「刀」諸物本為農用器具，轉而為貨幣之名等。我們即使承認「臣」為農具銍、鐮之屬，也不妨礙我們同時承認其象梳比之形。曹先生文中認為後世梳比是人們模仿銍、鐮而製作的，但同為有齒形之器物，究竟是哪個先出現誰模仿誰恐今天亦難以深究。

　　我們看上引金文「姬」字形的後兩個形體，「臣」中畫有兩點，當為此物之穿。而從前兩個形體及其他金文字形來看，這兩點又是

〔註146〕侯乃峰指見劉雲〈說上博簡中的從「屯」之字〉和見張崇禮〈釋〈武王踐阼〉的「矩折」〉。

可以省略的。如此分析，則簡文中△字右部的字形就與「臣」字有近似之處：

（金文「臣」字：）◇——（省去兩點）——◇——◇（簡文△右部字形）

當然，我們如此分析字形雖然在某種程度上可以說得通，但楚簡中從「臣」的字形多見（見《上海博物館藏戰國楚竹書（一～五）文字編》，頁507、542），如「姬」作「◇」（包山176），「頤」作「◇」（上博三《周易》24）形，「配」作「◇」（上博七《吳命》8）形等，與此字形的右部區別還是很明顯的，這又成為此說的反證。然楚簡中也能找到支持此說的相關證據，如以下字形：

（上博一《緇衣》17）

此字所在簡文作「詩員（云）：穆穆文王，於～義〈敬〉之」，郭店楚簡對應之字從「辵」從「臣」作，今本對應「緝熙」的「熙」字，則此字下部視為含有「臣」字作聲符應該是可信的（見《上海博物館藏戰國楚竹書（一～五）文字編》，頁663）。此字下部所從的「◇」字形若是依其他的「臣」字形寫法再在下部添加一橫筆，則與△字右部的字形尤其類似。同時，新蔡楚簡零103的「涯」字作「◇」形，「臣」字「匚」內的筆畫有連接在一起的現象，似乎也為我們的猜測提供了一定的根據。

侯乃峰認為用「頤折」作狀語，舉《禮記‧玉藻》：「端行，頤霤如矢。」為例，暗含武王改正失誤迅疾之意：

若此字釋「柩」可信的話，在簡文中當可以讀為「頤」。《禮記‧玉藻》：「端行，頤霤如矢。」鄭注：「此疾趨也。端，直也。」《正義》：「端行，謂直身而行也。頤霤者，行既疾，身乃小折，而頤直俯臨前，頤如屋霤之垂也。如矢者，矢，箭也。身驅前進不邪如箭也。」其中「頤」字作為描繪端行疾趨時的動態狀語，含有敬重之意。「頤折」一詞，在簡文中似也可以視為狀語，解釋為頤前傾故而

頤曲，表示武王行走疾速。因為武王雖然下堂降階表示對丹書之敬重意，但是南面而立，簡文中師尚父說「夫先王之書不與北面」，所以武王聞聽後急忙變換位置。當其方行西之際，以背示人，故不能見其前面之狀；當其南行之時，前面可見，故有「頤折」之辭。用「頤折」作狀語暗含武王改正失誤迅疾之意。而若如他解，僅為平實敍述武王如何向南折行之狀，簡文恐不若是。因為此時的武王為君，動輒中規中矩，符合禮儀規範（參《大戴禮記‧保傳》篇），若僅此處說「磬折」、「矩折」來表示武王莊敬之態，則似乎含有武王其他動作不合禮儀之意，不如視作表「迅疾」之狀更為順暢。〔註147〕

劉洪濤認為此句為「武王西面」而行，柜（？矩？）△字可能作「柜」或讀為「矩」。〔註148〕

蘇建洲在〈說《武王踐祚》簡3「曲（从木）」字〉〔註149〕一文中認為△讀為「矩」：

謹按：就文意來看，張崇禮先生所舉「周還中規，折還中矩」的證據最值得注意：

《禮記‧玉藻》：「古之君子必佩玉，右徵、角，左宮、羽。趨以〈采齊〉，行以〈肆夏〉，周還中規，折還中矩，進則揖之，退則揚之，然後玉鏘鳴也。」鄭玄注「折還中矩」曰：「曲行也，宜方。」（李學勤主編、龔抗雲整理《禮記正義（中）》北京大學出版社，1999，頁914）

《大戴禮記‧保傳》：「行以〈采茨〉，趨以〈肆夏〉，步環中規，折還中矩，進則揖之，退則揚之，然后玉鏘鳴也。」孔廣森曰：「步環尚圓，若般避時也。折還尚方，若揖曲時也。」朱子曰：「折旋，是直去了復橫去，如曲尺相似，其橫轉處欲其方如矩也。」（見黃懷信主撰《大戴禮記彙校集注》頁414～415）簡文所描寫的正是周武王折旋的神態，所以△讀為「矩」是很合適的。

〔註147〕侯乃峰：〈上博（七）字詞雜記六則「〈柜（？頤？）折《武王踐阼》簡 3〉」，http://www.gwz.fudan.edu.cn/articles/up/0327，2009.01.16。

〔註148〕劉洪濤：〈用簡本校讀傳本《武王踐阼》〉，http://www.bsm.org.cn/show_article.php?id=997，2009.03.03。

〔註149〕蘇建洲：〈說《武王踐祚》簡3「曲（从木）」字〉，http://www.bsm.org.cn/show_article.php?id=1001，2009.03.11。

蘇建洲認為從字形，他舉三方璽印的字形和△字的右旁相比類，認為應該是「柚」。再以「曲」與「矩」可通假，所以認為應是「矩折」才是：

再看字形的問題：張先生將△釋為「柜」，但是字形右旁與古文字的「巨」形體上頗有差距，此說恐待商榷。筆者以為整理者釋為「柚」有可能是對的，這種「曲」字寫法常見於璽印文字，如：

（《璽彙》2238）

（《璽彙》0907）

（《璽彙 3417》）

第一方《古璽彙編》釋為「邱郇守」，何琳儀先生將「邱」改釋為「郵」（《戰國古文字典》頁 349），《戰國文字編》、施謝捷先生釋文相同（湯餘惠主編《戰國文字編》頁 431；施謝捷《古璽彙考》安徽大學博士學位論文，2006 頁 123）。第二方《彙編》釋為「私垈（璽）」，何琳儀先生釋為「曲垈（璽）」（《戰國古文字典》頁 349），施謝捷先生同之（施謝捷《古璽彙考》頁 212）。第三方何琳儀先生亦釋為「曲垈（璽）」（《戰國古文字典》頁 349）。這些璽印文字的「曲」旁與△偏旁非常接近：

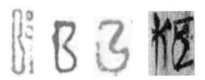

△釋為「柚」應該是可以成立的。而「柚」正可以讀為「矩」。「曲」，溪紐屋部；「矩」，見紐魚部，音近可通。二者中古都是合口三等，也證明聲韻關係的確密切。古籍亦有通假例證，如：《爾雅·釋木》：「下句曰朻」，《詩·周南·樛木》：「南有樛木」下《毛傳》曰：「木下曲曰樛。」則【句和曲】可通。另外，《莊子·田子方》：「履句屨者，知地形」，《經典釋文》：「句，音矩。」可見「曲」與「矩」通假是沒有問題的。簡文讀作「武王西面而行，矩折而南，東面而立」，上引朱子的話將「矩折」的動作形容得很傳神，可以參考想像。

許文獻在〈上博七釋字札記──《武王踐阼》「柩」字試釋〉〔註150〕一文中認為△字和戰國「曲」、「巨」、「頤」、「磬」字形不類：

> 綜上所述諸說，知簡文此例之釋讀，猶可從幾項疑義試釋之：
>
> 一、戰國「曲」、「磬」、「巨」、「頤」等相關形構皆與簡文此例右旁不類，分用甚明，故簡文此例右之所从或可作另解。茲列舉戰國此等字例之相關形構：
>
> （一）戰國「曲」字承甲金文之形，並為《說文》「曲」字古文字形之所本，其形或作：

（包山簡簡 260）　　　　　　　　　　　（郭店《六德》簡 43）

> 皆與上博簡此形不類。
>
> （二）戰國「巨」字雖已近《說文》篆古之形，惟其矩形之上下二橫筆皆未見相連者，亦與上博簡此例之右旁不類。
>
> （三）「頤」字初文乃象女子所用梳比之形，至戰國以下始繁縟女旁或頁旁以孳生分化，而戰國「頤」字初文或作：（包山簡簡 176）
>
> 此皆亦與上博簡此形不類。
>
> （四）「磬」字本象樂器之形，其上所从懸鈕未可省去，其形則與簡文此例亦頗有差距。

許文獻又認為「句」、「曲」無聲韻關係，「巨」、「曲」二聲系在文獻上也無相通之證據。另外，武王位尊，不需曲行：

> 二、今復考《爾雅》與《詩經》所謂「下句」與「下曲」二詞，應是「句曲」義類相近之詁訓，而與聲韻無關，況「巨」「曲」二聲系猶闕相通之文獻證據、魚屋二部主要元音猶有差距。
>
> 三、文獻所見「折還中矩」或「矩折」，實又另見「折矩」之錯辭，然而，《說文》段注引《周髀算經》所載「折矩」，則屬為句之道，即與簡文所謂王行無涉，且王尊其位，更毋需曲行。

許文獻認為△字應是「柩」字異構，讀為「久」，當「為時稍久」之意：

〔註150〕許文獻：〈上博七釋字札記──《武王踐阼》「柩」字試釋〉，http://www.bsm.org.cn/show_article.php?id=1008，2009.03.08。

　　據上所列舉各項疑義，知上博簡此例之釋讀又存復議者。今復考其相關資料，頗疑簡文此例即「柩」字異構，而於簡文當讀為「久」，以示為時稍久之意。其理為：

　　一、《說文》「匛」字即「柩」字初文，此段玉裁已作相關論證，知「柩」字乃「匛」之緟形後起字。今復考古文字「匛」字之相類構形，頗疑其本形乃從匚從人之異文會意，並與甲文所報乙、報丙或報丁等形相類，例如：

（《合集》35449）　　　（《合集》27042）　　　（《合集》25298）

　　此皆屬從神示匚祊之形構（李孝定釋甲文此類字所從匚，殆指受主匣之用。詳見李孝定編述《甲骨文字集釋》中央研究院歷史語言研究所出版，1991，頁 3819〜3827）。而從上博簡此例而言，疑「匛」之本形疑為從匚人，會受主匣中示人之意，屬異文會意例。

　　二、「久」「㞷」古文字字形相類，而甲文「久」字又幾與「人」字同形，《說文》甚至釋其與「人脛」之形有所相關，例如：

（《合集》19946）　　　（美爵）　　　（邾公牼鐘）

　　因此，上博簡此「柩」字所從匚人，其人形當即後起聲化從久聲者之所本，亦即久人之形近聲化，此類聲化趨勢戰國文字習見，例如：「成」所從丁（城）之聲化軌跡。

　　三、以簡文內容而言，簡文此例當逕讀為「久」，以示為時稍久之意。而簡文其辭曰「武王西面而行，久折而南，東面而立」（上博《武王踐阼》簡 3），以示其對先王之書不北面之回應，而「久折而南」之句式與文意，適正為王之「行而立」作了動作上之轉折註腳。

　　故上博簡此例疑可隸定作「柩」，讀為「久」，以示為時稍久之意。〔註151〕

〔註151〕許文獻：〈上博七釋字札記——《武王踐祚》「柩」字試釋〉，http://www.bsm.org.cn/show_article.php?id=1008，2009.03.08。

秋貞案：

本簡△字，討論者眾多，意見都很寶貴。以發表時間先後為序，茲分述如下：

	發表人	內　　容
1	原考釋	釋為「柚」，「曲折」之意。
2	張崇禮	釋為「矩」，為「矩折」之意。
3	劉雲	釋為「磬」，為「磬折」之意。
4	侯乃峰	釋為「頤」，為「頤折」之意。
5	劉洪濤	釋為「柜」或讀為「矩」。
6	蘇建洲	釋為「柚」，讀為「矩折」。
7	許文獻	釋為「樞」字，讀為「久」。

我們先從張崇禮認為△字為「矩」（劉洪濤先生的看法亦是）看起，△字右旁所从為「巨」。先看「巨」形如何？

「巨」形的金文、戰國文字：

	字　　形
金文	（伯矩盉）　　（伯矩盤）　　（伯矩鬲）　　（魏盉）
戰國文字	（燕・陶彙 4.33）　　（晉・璽彙 3286）　　（楚・曾 172）（郭・語四 14）

何琳儀《戰國古文字典》「巨」字，認為巨字是人手持「工」形：

> 巨，金文作（伯矩簋），象人以手持工（木匠取直角之工具）之形。或作（伯矩鼎），其大形演變為夫形，又訛變為矢形，遂隸定為矩，或加木作榘。工亦聲。巨，溪紐；工，見紐；均屬牙音。秦系文字作巨，乃截取部份形體。」〔註152〕

季師旭昇《說文新證》對「巨」字說明更為清楚：

> 伯矩盉很明顯地從大從工，伯矩盤則加上手形，伯矩鬲則從夫從工，夫與大通，《說文》或體榘左上所從矢，即夫形的訛變。西周中期衛盉夫形和工形分離，但「夫」形的手指卻被剝離到「工」形上，這是「巨」字的雛形。〔註153〕

〔註152〕何琳儀：《戰國古文字典》上冊，北京：中華書局，1998 年 9 月，頁 495。
〔註153〕季旭昇師：《說文新證》上冊，藝文印書館，2004 年 10 月初版二刷，頁 377。

　　我們從金文和戰國文字的演變來看「巨」字，即使是「大」形變為「夫」，但都是離不開「工」形的。現在反觀△字所從的「」旁，很明顯地是「匸」形，所以明顯不同。故△字的右旁不從「巨」。

　　再看劉雲把△字的右旁拆成上下兩部分，上部分的「」形和「磬」的象形初文部分比較，真的很像，但是不是可以當作「磬」的象形初文，有待更多資料考證。目前所見的楚文字中有直接的「磬」字可以參考，在湯餘惠《戰國文字編》第 637 頁裡有「鈹鐘」的三個「磬」字、、，皆從「石」。在第 787 頁的「聲」字有秦印（集粹）、（珍秦 117），〔註 154〕也是從「石」。遍查楚文字，發現均以「聖」字借為「聲」，在李守奎先生《楚文字編》第 672 頁「聖多讀為聲或聽。聖、聲、聽一字，尚未分化」。故是否可以「聲」字之從「磬」（《說文》「聲」：「音也。從耳，殸聲；殸，籀文磬。」），而「磬」之從「石」來推測△字的右旁「」形是「磬」，似乎欠缺直接證據。我們若從「磬」的甲骨文是從「石」從「攴」，而金文從「石」從「耳」的結構來看，或許只能說△字的右旁從「石」，而不能直接認為從「磬」的初文。

　　另外「磬」的頂部或有或無的「屮」形，是表示懸繩，並不是「艸」之省，說是△字的「木」旁的變化，可能須要更多的證據。再者，劉雲所認為右下部分的 B，也就是「屯」字，應該是指「」形。「屯」形的中間都有一點或是一筆。舉例「屯」為偏旁的「純」字，例：「」（包 2.259）、「」（仰 25.16）、「」（天策）。所從的「屯」都與「」形不類，既不從「屯」，也無所謂的聲韻關係。故△字和「磬」字無關。

　　至於侯乃峰認為△字從「木」從「臣」，當釋為「頤」。我們先看「臣」字。于省吾《甲骨文字釋林》〈釋「臣」〉釋「臣」為「古之梳比」：

　　　　《說文》：「臣，顤也，象形，頤篆文臣從頁，𦣝籀文臣從首。」

　　　　王筠《說文句讀》：「淮南子靨輔在頰則好，在顙則醜。高注：靨輔，頰上窒也。〇之外象顤，中一筆象窒」又釋例：「臣當作〇，左之圓者顤，右之突者頰旁之高起者也，中一筆則臣上之紋，狀如新月，俗呼為酒窩。」按許說及王氏之解釋並誤。

〔註 154〕湯餘惠主編：《戰國文字編》，福建人民出版社，2005 年 8 月第 2 次印刷。

　　　　甲骨文無「臣」字，而有從「臣」之字。例如，姬字從臣作 (京都二五八四) 亦作 (鄴下三九‧一)，嬖字從臣作 (餘一六‧三)。按臣本象梳比之形。《說文》：「笓，取蝦比也，從竹臣聲。」比今通作篦。廣雅釋器：「笓，櫛也。」《說文》：「櫛，梳比之總名。」《史記‧匈奴傳索隱引倉頡篇》：「靡者為比，麤者為梳。羅氏殷虛古器物圖錄第二十三圖為骨製之梳比，作 形，其中一齒已折。羅氏謂：「狀略如櫛髮之梳，上有四穿，不知何物？」按此即古梳之比，乃臣之初形。其有四穿者，貫繩以便懸佩也。商器父丁卣獄字從臣作 形，與上一形相仿。要之，以古文字古器物證之，知臣本象梳比之形。古文字有臣無梳，則梳乃後起分別之名。後世之臣，以竹為之，故《說文》作笓。許書說雖有其朔，但存笓之古訓，猶為可貴。〔註155〕

季師旭昇《說文新證》下冊，對「臣」字的釋形如下：

　　　　甲骨文偏旁中有「臣」，于省吾以為象梳比之形，即「笓」之初文。金文「臣」字，郭沫若謂即「頤」字初文，象有重頷而上有鬚（《兩周金文辭大系考釋》，頁200。）以字形早晚而言，似于說為勝。〔註156〕

　　我們知道在甲骨文中沒有單獨的「臣」字，《甲骨文編》的「姬」字可見其偏旁「臣」，有以下幾形：

字　形	
甲骨	（前 1.35.6）　　　（前 6.56.5）　　　（續 1.25.2）　　　（鄴初下 40.7） （京津 5080）　　　（京都 2584）

　　其中「 （京都 2584）」所從之「臣」和于省吾所舉之「 」不類。不知于先生或《甲骨文編》所列何者有誤？但「 」（前 1.35.6）所從之「臣」，即類似「梳比」之形。從這些甲骨文偏旁我們可以說它們都是甲骨文「梳比」的省形，已經不把「梳齒」畫出來，而以一輪廓來象形。

　　我們再看金文的「臣」、「姬」字：

〔註155〕于省吾：《甲骨文字釋林》，北京：中華書局，2009 年 4 月，頁 88～89。
〔註156〕季師旭昇《說文新證》下冊，藝文印書館，2004 年 11 月，頁 181。

金文	字　　形
「臣」	（鑄子臣）（冕伯匜）（冕伯盤）
「姬」	（姬簋）（齊弔姬盤）（師酉簋）（魯姬鬲） 、（魯伯愈父鬲）〔註157〕

　　金文的「臣」和甲骨文的「臣」字很像，但是在金文的「臣」，會於中間空隙加點或不點，不知真實原因為何？但是以「臣」字來看，實在不像「梳比」之形。而且以「（冕伯匜）」和「（冕伯盤）」來看，真有像郭氏所說「重領而上有鬚」。

　　戰國文字不見單獨的「臣」字，但有為偏旁者，如「姬」、「遉」、「熙」、「䀐」、「頤」、「洍」等字。表列如下：

戰國	字形、文例
姬	（包山 2.176）
遉	（郭店·緇·34）「於緝遉（熙）敬止」，此字對照「」（上博一·緇衣 17）是一個合文字，讀為「緝熙」。「」對應「臣」旁。
熙	（上博七·吳命）
䀐	（包山 2.28）（作為人名）
頤	（上博三·周 24.36），上博三〈周易〉有很多的「頤」字，都同此形。
洍	（信 1.048）（新零·103）（新甲 3.117、120） （新乙 1.18）

　　以上幾個戰國有「臣」偏旁的字，所見都不像△字所從「」旁，所以△字在戰國文字中沒有出現，以戰國文字書寫的習慣，沒有同樣的字可以比類。就連侯先生自己也述「但楚簡中從「臣」的字形多見，如「姬」作「」（包山 176），「頤」作「」（上博三《周易》24）形，「䤾」作「」（上博七《吳命》8）形等，與此字形的右部區別還是很明顯的，這又成為此說的反證」，後來又舉合文「」，認為「」和「」相類，其實還是很牽強。即使「頤折」的說法頗有說服力，但是缺乏字形上有力的證據。

――――――――――

〔註157〕容庚：《金文編》頁 789。

△字是不是如蘇建洲的推斷為「柚」呢？首先看看甲骨文的「曲」字「⿴」形（京都 268）、「⿴」（曲父丁爵），其框內紋飾有繁有簡。《說文》：「象器曲受物之形。」何琳儀《戰國古文字典》云：

「象彎曲之形。西周金文作⿴（晉侯仇篹），飾筆簡省為圓點，春秋金文作⿴（曾子斿鼎），圓點亦省。戰國文字作⿴、⿴，僅存虛框。或變形作⿴、⿴、⿴、⿴ 等形。曲，甲骨文或簡化作 ⿺（參區字所從的曲旁），上加一橫即戰國文字曲之異體⿴，或取斜勢作 ⿻，遂與刀字同形。」〔註158〕

《說文》古文曲作「⿻」，戰國文字「曲」有⿴（包山 2.260）、⿴（郭・6.43）、⿴（上博五・季・23.3）、⿴（上博五・弟 13.4），還有如蘇建洲所言，戰國這種「曲」字寫法常見於璽印文字。也有筆畫都沒有封口的形，如貨系 ⿻（43）、⿴（63）等。信陽楚簡 2.021 有「柚」字作「⿴」，從「木」從「⿴」形（曲聲）。所以「曲」字從甲骨、金文、至戰國文字的形體變化：

⿴（甲骨）→⿴、⿴（金文）→⿴、⿴（左右不分）（戰國）

不管如何變化，都有共同的趨勢，即 L 形。如果將△的右旁比作「曲」，有可能是戰國文字的變形⿴ 或⿴ 形，就筆順來看「⿴」應是先寫「⿴」一筆，再寫這「⿴」一筆。「⿴」形，應是先寫「⿴」形，再寫「⿴」形，本簡的書手寫字的筆畫較快，所以寫成「⿴」形。故蘇建洲之說較有可能，目前缺乏直接的證據，可能有待更多的出土材料證明。

最後，許文獻認為△字為「柩」，讀為「久」，認為「稍久」之意。他以為「⿴」是从「匸」「人」，其人是和久形近聲化的結果。因為把「⿴」當作是像甲骨的⿴（《合集》35449）、⿴（《合集》27042）實在很難解釋在本簡中的意義，若釋為「久折」，要如何解釋武王為何要稍久才轉折呢？在沒有進一步文獻的證明下似乎只能存疑。

綜合以上各位學者的看法，筆者同意原考釋者的看法，也認同蘇建洲對字形的分析。△字釋為「柚」，讀為「曲」，即「曲折」之意。季師旭昇認為「曲

〔註158〕何琳儀：《戰國古文字典》上冊，北京：中華書局，2007 年 5 月第 3 次印刷，頁 347～348。

折」就是「曲折」，不必讀為「矩折」。曲即彎，曲折而南，釋為「轉彎折而南行」即可。

2. 整句釋義

武王向西而行，轉了一個彎往南而行，後來面向東方而立。

第二節　甲本「師上父告之以丹書」

一、釋　文

帀（師）上（尚）父奉箸（書），道箸（書）之言，曰：「怠【3】勑（勝）敬則喪，敬勑（勝）怠則長。義勑（勝）谷（欲）則從，谷（欲）勑（勝）義則兇。悬（仁）吕（以）尋（得）之，悬（仁）吕（以）獸（守）之，亓（其）箽（運）百【4】殜（世）；不悬（仁）吕（以）尋（得）之，悬（仁）吕（以）獸（守）之，亓（其）箽（運）十殜（世）；不悬（仁）吕（以）尋（得）之，不悬（仁）吕（以）獸（守）之，及於身。」

二、簡文大要

師尚父呈告丹書之內容：告誡武王「怠敬」、「義欲」之利害，曉喻「行仁」與「國運」之間的關係。

三、簡文考釋

（一）帀上父奉箸，道〔1〕箸之言曰

1. 字詞考釋

〔1〕道

楚簡上的字形為「」（以下討論此字以△代），原考釋者釋為「道」。而今本也有「道書之言」一句：

> 今本「師尚父西面道書之言」。武王已東面而立，在賓位，師尚
>
> 父西面而立，在主位，師尚父手奉丹書，並論說丹書之言。

復旦讀書會也和原考釋者意見一致。郝士宏對△字有不同的看法。他認

為△字所從的「首」或「頁」像「重」形，故應釋為「傳」，為「傳述」之義：

《上博簡七‧武王踐阼》簡3：币（師）上（尚）父弄（奉）箸（書），道箸（書）之言曰。其中「道」字，整理者根據今本「師尚父西面道書之言」而釋為「道」，諸家從之無異辭。按，「道」字從辵首聲，古文字中習見（參《郭店楚簡》）。簡中該字字形作 ，從「辵」無疑，而聲符似與「首」有別。

該簡中從「首」或「頁」之字較多，如簡1「道」字作 ，簡2、簡3「面」字分別作 、。與簡3整理者隸作「道」的字所從聲符相去甚遠。故疑此字當為從辵重聲之字，隸作「連」，釋為「傳」。以重為聲符之字楚文字中亦多見，曾侯乙墓竹簡212簡有 ，從辵從刀，重聲。郭店《唐虞》簡12有 ，從彳重聲（參李守奎《楚文字編》第114頁，李先生並謂：連、迥、逈、徸皆讀為傳）。

如果以上所釋不誤，則簡本「傳」字，應為「傳述」之義（與今本作「道」，整理者認為是「並論說丹書之言」的意思相仿），簡文此句可能應理解為「傳述丹書之言」。

秋貞案：

這一篇〈武王踐阼〉裡共出現九個「道」字：

簡	1.17	3.29	9.25	11.22	11.36	12.14	12.19	12.23	12.30
字形									

《說文》「道」：「所行道也，從辵從首，一達謂之道。」何琳儀《戰國古文字典》「道」：「從辵首聲。」本楚簡的九個「道」字都是「從辵從首」。釋為「傳」字的「連」字，所從的「重」聲，字形為「」或「」〔註159〕明顯和「首」字不類。筆者以為簡3的△字在「首」字的部份，只是筆畫相連，但是仍可以判斷為「首」字，無誤。然而字義上，可以視為「傳述」之意。

〔註159〕傳「」（郭‧尊‧28）、「」（曾22）

2. 整句釋義

師尚父奉著丹書，傳述丹書上的話說。

（二）怠〔1〕勝〔2〕敬〔3〕則喪〔4〕，敬勝怠則長〔5〕

1. 字詞考釋

〔1〕怠

本簡「怠」字形為「」，原考釋者以為「懈怠」之意：

> 「怠」，《國語・鄭語》：「其民怠沓其君，而未及周德。」韋昭：
> 「怠，慢也。」《呂氏春秋・達鬱》：「壯而怠則失時。」高誘注：
> 「怠懈。」「怠」為「懈怠」。

復旦讀書會也釋為「怠」，以為「怠慢不敬」之意。今本《大戴禮記》作「敬勝怠者吉，怠勝敬者滅」。

許文獻在〈上博七《武王踐阼》校讀札記二則〉〔註160〕一文中釋「怠」將簡3、4、7、14的字形均釋為「詞」：

> 簡本「怠」字疑即從「訇」字之異構，復旦大學讀書會對簡7例
> 之隸定可從，茲引簡本所見相關諸形：

（簡3）　　　（簡4）　　　（簡7）　　　（簡14）　　　（簡14）

> 然而，上引簡本諸形，或與楚系「怠」字之形不甚相類，疑非
> 「怠」字，例如：

（郭店《老子・甲》簡36）　　　　（郭店《語叢・一》簡67）

> 頗疑簡文諸形當即「訇」字異體。今復考楚系「訇」字，大抵可
> 分作三形，茲簡引其要例字表：

〔註160〕許文獻：〈上博七《武王踐阼》校讀札記二則〉，http://www.gwz.fudan.edu.cn/Src Show.asp?Src_ID=737，2009.03.30。

隸定 ＼ 字形	第一形	第二形	第三形
司	 （郭店《窮達以時》簡 8）		 （郭店《性自命出》簡 27）
〔司／心〕		 （郭店《老子‧甲》簡 17）	 （郭店《六德》簡 40）

依上引諸形而論，由第一形至第三形，大抵為由簡至繁之字形演進過程，倘復考之甲金文，則第一形又屬遞承形源之例，第二形與第三形則為戰國之繁文。

此其尤可言者，即第二形《六德》簡之異體書寫筆勢，其上所從之形與下所從之羨符「口」，似呈連筆之勢，此則當為《武王踐阼》簡 3 與簡 4 形之所本，故疑上引《武王踐阼》四形，當亦從「伺」之例，而非「息」字。

許文獻認為釋為「詞」和先秦諸子以至魏晉玄學的言意之辨，有形與無形之別野，正好相合：

「義（意）」、「敬」與「辭（詞）」：如上所言，知上引今本與簡本之段落內容，當屬義疏相近之相關文字，殆指「義（意）」、「敬」與「息」之相關概念，惟上文已提及簡本「息」字字形之相關疑義，即其當釋為「伺」字，據此，疑今本所見「息」字當即「伺」字之形近訛誤或音近通假異文，況第二段內容更道出口與辭之直接關聯，故疑《武王踐阼》此三段文字之所言「息」，當指「辭（詞）」，亦乃「伺」字之正詁也。而先秦諸子以至魏晉玄學，早有言意之辨，莊子尤以言、意論有形與無形之別野，是故《武王踐阼》簡此所謂「詞勝義」、「義勝詞」、「詞生敬」、「敬勝詞」、「詞勝敬」等概念，亦或與先秦諸子所言言意猶存義類類近之徵也。

《說文》釋「司」之形為「從反后」（卷九上十一「司」部），知「司」「后」二形於許慎所見文獻似有相涉之跡，而學者亦本有

「司」「后」同形之議，此皆為《武王踐阼》所言「口生訽」似當
正之為「口生詞」之詁訓依據，並與前文「詞生敬」錯文互證。

　　據上所述，則《武王踐阼》此段文字之正字當為：

　　第一段：師上父奉箸，道箸之言，曰：「詞勝義則喪，義勝詞則
長。」

　　第二段：為機曰：「皇皇惟謹，詞生敬，口生訽，慎之口口。」

　　第三段：敬勝詞則吉，詞勝敬則滅。

　　殆皆指「義（意）」、「敬」與「辭（詞）」之義辯也。

秋貞案：

　　有關「怠」字在〈武王踐阼〉簡中出現四個，簡3「[字形]」、簡4的「[字形]」、
簡14「[字形]」、「[字形]」在此一併討論。這裡可以分為兩類，簡3、4是一類，簡14
兩字也是同一類，至於許文獻認為簡7的「[字形]」字應是「訽」字，不作「怠」
字解，故不在此討論，容後討論到簡時再論。

　　先看簡3、4的「　」字，《說文》「怠」字：「慢也，從心，台聲」。「台」，
「[字形]」（集成261 王孫遺者鐘），從「吕」，「口」為分化部件。商周文字以「吕」
為「以」，晚周文字始以「台」為「以」。戰國文字承襲春秋金文。〔註161〕

　　裘錫圭在〈說「以」〉一文中表示，「以」甲骨文為「[字形]」，像人手攜物之
形。「[字形]」和「[字形]」是繁簡的關係，「似」就是「以」。上古「吕」、「台」、「司」
（司）三字作為聲旁可通用，〔註162〕如《金文編》中「辭」字從「台」作[字形]
（釐鎛）、[字形]（邾公牼鐘），從「呂」作[字形]（辭鼎）。

　　在戰國文字裡的「怠」為从「吕」从「心」。

字　形	文　例
[字形]（郭·老甲·36）	「知止不～（殆）」
[字形]（郭·性·45）	「不有夫恆～（怠）之志則縵」
[字形]（郭·語1.67）〔註163〕	「政其然而行，～（治）安」

〔註161〕何琳儀《戰國古文字典》，北京：中華書局，1998年9月，頁57。
〔註162〕裘錫圭《古文字論集》〈說以〉，北京：中華書局，1992年8月，頁106～108。
〔註163〕以上三個字形出自《楚系簡帛文字編》，頁917。

（上五‧三‧16.28）	「喪～（怠）係樂，四方來囂」
（上五‧三‧20.7）〔註164〕	「至型～（怠）哀」

　　在本簡中的「怠」的寫法和以往的戰國文字不同。本簡「」字為「怠」，上半部為「台」聲的「」，應是「日」和「口」的「形近互作」，例如「辱」字「」（郭店老甲36）和「」（郭店老乙5）、「河」字（璽滙0124）和（洀）（郭店‧窮3）。〔註165〕故「怠」字從「台」和從「怠」是可以互作，「怠」即是「怠」的異體字。

　　簡14的「」字，可以看成是從「台」從「心」，也是「怠」。字形的上半部「」寫成「訇」。在《金文編》「佀」字（口佀鼎）、（伯康簋）、（齊鞄氏鐘）、（膚平鐘）、（鄧公簋）。裘錫圭〈說「以」〉：

> 金文「台」往往加「弓」作「訇」，〔註166〕「姒」字（亦即「始」字，上古二字不分）有「姐」、「始」、「姛」、「娿」、「嬰」等寫法。〔註167〕「辝」字也有兼以「吕」、「司」兩聲而作「」的，皆其明證。〔註168〕

　　故「」可以是釋為「以」、「台」、「司」，但對照今本文獻〈武王踐阼〉、《荀子‧議兵》、《太公金匱》、《六韜‧明傳》均上有「敬勝怠者吉，怠勝敬者滅」句，故以「　　」字應釋為「怠」字於義為佳。

〔註164〕此兩字在《上海博物館藏戰國楚竹書（一～五）文字編》李守奎、曲冰、孫偉龍編著，作家出版社，2007年，頁488，被認為其下部與「心」旁有別，疑是「口」形的變形。

〔註165〕何琳儀《戰國文字通論訂補》，南京，江蘇教育出版社，2003，頁233。「形近互作」：形體相近的偏旁往往容易相混，這是古今通例。如「日」和「曰」、「目」和「且」、「土」和「士」、「邑」和「阜」等，在後代字書裡經常混淆。「形近互作」產生的錯別字，在戰國人心目中可能不覺其「錯」，但在秦文字統一之時多被淘汰；只有少數相對合理的錯別字，諸如「冒」、「星」等，一直將錯就錯，相沿至今。

〔註166〕《金文編》釋「訇」為「佀」，非是。余永梁《殷虛文字考》謂「台字古金文作訇，台與司通」，可信。

〔註167〕《金文編》「始」、「姛」、「姛」字分列為不同的字，是不妥當的。這些字清末以來的古文字學家多釋為「姒」，可從。班簋「文王王姒」之「姒」作「」，是「姛」、「娿」等字當釋為「姒」的鐵證。

〔註168〕裘錫圭《古文字論集》〈說以〉，北京：中華書局，1992年8月，頁106～108。

總之,「」、「」字都是「怠」的一字異體,釋為「怠」無疑。

〔2〕勅

本簡「勅」字形為「」(以下討論此字以△代),此字殘損,但是以所殘存的筆畫來看應是「勅」字,無誤。原考釋者釋為「勝」,意為「戰勝」:

> 「勅」,從乘,從力。疑「勝」之或體。《說文通訓定聲》:「勝,叚借為乘。」《爾雅‧釋詁》:「勝,克也。」《禮記‧聘禮》:「用之於戰勝。」鄭玄注:「勝,克敵也。」

復旦讀書會也釋為「勝」。

秋貞案:

△字即為「勝」。《說文》「勝」:「從力,朕聲」。楚簡上的△字明顯是從「力」,「乘」聲。季師旭昇《說文新證》下冊,「勝」字:

> 戰國晉系、楚系文字從力、乘聲(「乘」或作省形),《戰典》疑為「勝」之異文,白於藍〈古璽印文字考釋(四篇)〉謂可釋為「勝」,此形秦漢以後不傳;秦系文字從力,朕聲,後世所承為此形。〔註169〕

此字在楚簡並不陌生,《楚系簡帛文字編》可見很多相同的字形。例如:(郭‧成‧36)、(上二‧從乙‧3)、(郭‧成‧7)等,這些字應是從「力」,「乘」省聲。本簡以下第6、11、16字都是。

〔3〕敬

本簡此字形為「」,原考釋者釋為「義」字,其注解認為接近「正信」之意:

> 「義」,《論語‧學而》:「信近於義。」《釋名‧釋典藝》:「義,正也。」《孟子‧盡心下》:「春秋無義戰。」趙岐注:「《春秋》所載戰伐之事,無應王義者也。」

復旦讀書會認為此處因下文「義勝欲」、「欲勝義」之「義」而將「敬」誤抄為「義」:

> 簡文此句「怠勝義則喪,義勝怠則長」,《大戴禮記》作「敬勝

〔註169〕季師旭昇《說文新證》下冊,台北:藝文印書館,2004年11月,頁242。

怠者吉，怠勝敬者滅」，乙本簡 14 作「敬勝怠則吉，怠勝敬則成（滅）」。「怠」是怠慢不敬，正與「敬」意思相反，將「怠」與「敬」對舉於義為長，簡文此處將「怠」與「義」對舉，則恐係因下文「義勝欲」、「欲勝義」之「義」而將「敬」誤抄為「義」。與這段類似的文字還見於《六韜》：「故義勝欲則昌，欲勝義則亡；敬勝怠則吉，怠勝敬則滅。」是太公回答文王的話。

　　草野友子在〈關於上博楚簡《武王踐阼》中誤寫的可能性〉一文中認為復旦讀書會的說法可從，而且進一步將「義」和「敬」的字形羅列比對，發現「義」和「敬」的字形相近，更增加手訛寫作「義」的可能性：

　　　　今本《大戴禮記‧武王踐阼》中有「敬勝怠者吉（強），怠勝敬者滅（亡）。義勝欲者從，欲勝義者凶。」，「敬」與「怠」，「義」與「欲」是對應關係。同時，上博楚簡《武王踐阼》第 14 簡中可以看到，「志勝欲則昌，欲勝志則喪，志勝欲則從，欲勝志則兇，敬勝怠則吉，怠勝敬則滅」的類似文，在此「敬」與「怠」也是對應關係。

　　　　那麼，為什麼上博楚簡《武王踐阼》第 4 簡中「義」與「怠」是對應關係呢？復旦讀書會雖指出有誤寫的可能性，但仍存有疑問。

　　　　在此需要注意的是「義」與「敬」的字形。現行字體中「義」與「敬」的字形相異很大，但在楚系文字中「義」與「敬」的字形酷似。這點，裘錫圭在「談談上博簡和郭店簡中的錯別字」（饒餘頤主編『華學』第 6 輯，紫禁城出版社，2003 年 6 月）中舉郭店楚簡《緇衣》、上博楚簡《緇衣》的用例說明瞭字形酷似的問題：

　　　　　　上 17「於□義之」，郭店 34 及今本皆作「於緝熙敬之」，如果把上 17 的義字跟郭 34 的「敬」字對照一下，就可以發現二者的字很相似，前者應是對寫法跟後者相類的「敬」字的誤摹。

　　　　接下來，實際看一下上博楚簡《武王踐阼》中的「義」與「敬」的字形。

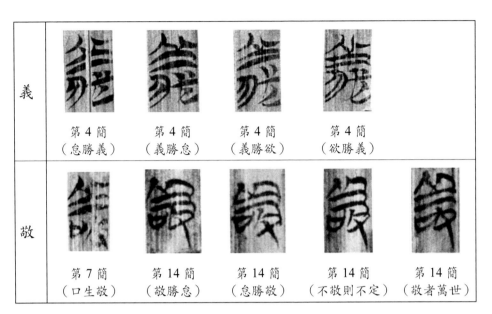

義	第4簡 （怠勝義）	第4簡 （義勝怠）	第4簡 （義勝欲）	第4簡 （欲勝義）
敬	第7簡 （口生敬）	第14簡 （敬勝怠）	第14簡 （怠勝敬）	第14簡 （不敬則不定） 第14簡 （敬者萬世）

同時也確認別的上博楚簡文獻中的用例。

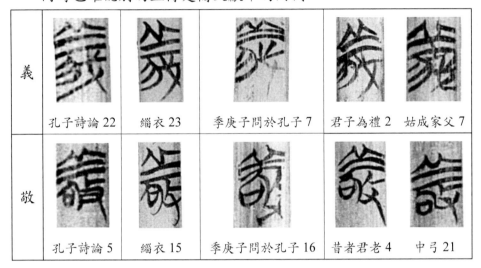

義	孔子詩論22	緇衣23	季庚子問於孔子7	君子為禮2　姑成家父7
敬	孔子詩論5	緇衣15	季庚子問於孔子16	昔者君老4　中弓21

依上圖來看，「義」與「敬」極為相似。因此，上博楚簡《武王踐阼》中的「怠勝義」、「義勝怠」，「敬」誤寫為「義」的可能性很高。也就是說，此文與今本《大戴禮記·武王踐阼》的記述和上博楚簡《武王踐阼》第14簡的記述同樣，「敬」與「怠」，「義」與「欲」還是對應關係。

「敬」被誤寫「義」，如復旦讀書會指出，不僅是因下文「義勝欲則從，欲勝義則兇」的「義」被誤寫的可能性，而且從「義」與「敬」字形酷似的理由可以考慮到誤寫的可能性。

據以上討論我們認為，上博楚簡《武王踐阼》中的「怠勝義」、「義勝怠」，「敬」誤寫為「義」，「怠勝敬則喪，敬勝怠則長，義勝

欲則從，欲勝義則兇。」是較為妥當的釋讀。〔註170〕

秋貞案：

依照簡 14 的「敬勝怠則吉，怠勝敬則滅」，有「敬」、「怠」對舉之例，所以簡 4 的「怠勝義則喪，義勝怠則長」並非「敬」和「怠」對舉，所以合理的懷疑有「義」字有誤寫的可能。戰國楚文字中的「義」和「敬」的上半部一樣，從「」形，唯下半部不同，但整體字形類似。又因為下一句的「義勝欲者從，欲勝義者凶」的「義」字使書手把「敬」字誤寫為「義」的可能性更增加。從文獻上：《瑞書》云「敬勝怠者吉，怠勝敬者滅」；《荀子‧議兵》篇云：「敬勝怠則吉，怠勝敬則滅；計勝欲則從，欲勝計則凶。」《太公金匱》云：「義勝欲則昌，敬勝怠則吉。」《六韜‧明傳》篇云：「義勝欲則昌，欲勝義則亡；敬勝怠則吉，怠勝敬則滅。」均為「敬」、「怠」對舉的例子，沒有「義」、「怠」對舉的例子，故復旦讀書會和草野友子之說可從，此字應為書手的筆誤。此處的「敬」可以作「敬慎」解。

〔4〕喪

本簡「喪」字形為「」，原考釋者釋為「喪」，有「亡失」之意：

> 「喪」，亡失之意。《詩‧大雅‧皇矣》「受祿無喪」，毛亨傳：「喪，亡也。」《呂氏春秋‧慎大》「於得思喪」，高誘注：「喪，亡也。」

復旦讀書會也釋為「喪」。

秋貞案：

這個字和簡 1「意豈喪不可得而睹乎？」的「喪」字一樣，而筆者也在簡 1 考釋該句時已經一併討論了。簡 4 的這個字應該也是釋為「喪」比較好。釋「喪」即「亡失」之意。

〔5〕長

簡本的字形為「」，原考釋者釋為「長」，為「深遠」之意：

> 「長」，《說文‧長部》：「久遠也。」深且遠也。

復旦讀書會也釋為「長」。

〔註170〕草野友子，〈關於上博楚簡《武王踐阼》中誤寫的可能性〉，http://www.gwz.fudan. edu.cn/SrcShow.asp?Src_ID=915，2009.09.22。

孫飛燕有不同的看法，他認為此處似宜讀為「昌」，並舉古代文例證明「昌」和「亡」對舉：

喪，整理者陳佩芬先生已指出為「滅亡」之意。長，陳先生認為是久遠之意，我們認為此處似宜讀為「昌」。「昌」為昌母陽部字，「長」為定母陽部字（郭錫良《漢字古音手冊》頁 250，北京大學出版社，1986 年），二字聲母均屬舌音，韻部相同，當可通假。「昌」意為興盛、昌盛，與「喪」適成對比。該篇 13〜14 簡「志勳（勝）欲則昌（沈培《〈上博（七）〉殘字辨識兩則》，復旦網，2009.01.02），欲勳（勝）志則喪」中「昌」、「喪」即對讀。傳世文獻中「昌」、「亡」對讀亦不乏其例：

《六韜‧文韜‧明傳》（盛冬鈴《六韜譯注》頁 19，河北人民出版社，1992。此條文例為復旦讀書會首先提出，參見《〈上博七‧武王踐阼〉校讀》，復旦網站，2008.12.30）：「故義勝欲則昌，欲勝義則亡。」

《史記‧太史公自序》（《史記》，中華書局，1959，頁 3290）：「夫陰陽四時、八位、十二度、二十四節各有教令，順之者昌，逆之者不死則亡。」

據此，我們將「長」讀為「昌」，與傳世文獻能夠吻合，于簡文文意亦比較恰當。〔註171〕

秋貞案：

原考釋和復旦讀書會的釋讀正確。以此字的字形來看，確是「長」無疑。「昌」字在楚簡中作 ⬚（上博五〈三德〉10.12）、⬚（上博五〈三德〉18.14）〔註172〕、⬚（郭‧成‧9）、⬚（郭‧緇‧30），明顯和「長」字有別。

「昌」和「亡」字義確實是很恰當的一組對比，但如果以「長」的字義看，《禮記‧表記》：「義有長短大小」孔穎達疏：「長，謂國祚久遠」。《說文通訓定聲》，《說文‧長部》：「長，假借為昌」。〔註173〕所以釋「長」即可，不必再曲折

〔註171〕孫飛燕：〈讀《上博七》簡記二則〉，http://www.confucius2000.com/admin/list.asp?id=3889，2009.01.08。

〔註172〕李守奎、曲冰、孫偉龍編著：《上海博物館藏戰國楚竹書（一〜五）文字編》，作家出版社，2007 年，頁 347。

〔註173〕宗福邦、陳世鐃、蕭海波主編：《故訓匯纂》下冊，北京：商務印書館，2007 年 9 月，頁 4472。

釋「昌」。

2. 整句釋義

如果懈怠戰勝敬慎，則將滅亡；而敬慎戰勝懈怠，則能保持久遠。

（三）義勅谷〔1〕則從〔2〕，谷勅義則兇〔3〕

1. 字詞考釋

〔1〕谷

簡本上的字形「谷」（以下以△代），原考釋者釋為「欲」，為「貪欲」之意：

> 「欲」，《說文‧欠部》：「貪欲也。」《禮記‧曲禮上》「欲不可
> 從」，孔穎達疏：「心所貪愛為欲。」又，「敖不可長，欲不可從，志
> 不可滿，樂不可極。」

復旦讀書會釋此字為「欲」，和原考釋同。

秋貞案：

在戰國文字裡只見〈郭店‧老子甲〉簡5的「谷」（欲）作△形，其他的「欲」字大都是從「谷」從「次」。如：

| （璽彙3098） | （詛楚文） | （信1.026） | （郭店‧老甲2） |

（郭‧老丙‧13）　　　（上二‧魯‧4）　　　（上二‧容‧12）

△形是「欲」字的省形。「谷」字上古音在見紐屋部，「欲」字在喻紐屋部。兩字聲近韻同，可見字形演變時，聲符多會保留下來。

〔2〕從

簡本上的字形為「從」（以下以△代），原考釋者釋為「從」，認為「順從」、「隨從」之意：

> 「從」，《禮記‧孔子閒居》「氣志既從」，鄭玄注：「從，順也。」
> 《國語‧吳語》「以從逸王志」，韋昭注：「從，隨也。」

復旦讀書會的看法和原考釋者相同。孫飛燕認為此字應釋為「近」：

> 近，整理者直接隸定作「從」。該字形與14簡「從」明顯有

別，實為「近」字。此處當係「從」之誤字，因字形相似而誤作

「近」。〔註174〕

秋貞案：

第14簡的「從」字形為「」，和本簡的從字「」比較來看，因為本簡「從」字形漫漶不清，所以看起來和「近」字很類似。我們將其他楚簡的「從」字羅列比較，例如：

（上二·民·13）「氣志既從」

（郭·六·20）「以信從人多也」

（郭·六·8）「有從人者」

「從」字所從之「从」都和本簡△字的「从」部一樣，書手的寫法都是並列的兩個「人」。而楚文字的「近」字，舉例如下：

（郭·性·3）「始者情」

（郭·性·56）「上交近事君」

（郭·性·40）「唯性愛為仁」

「近」字所從「斤」，並非從「从」，這是很明顯的。簡14的「」為「從」字，而本簡△字，也是「從」字。這兩個字寫法不同，可能是不同書手所寫。〔註175〕

另外，「近」字，上古音在羣紐文部，「從」字在從紐東部，「兇」在曉紐東部。簡4「義勝欲則『從』，欲勝義則『兇』」一句以「從」和「兇」字的同韻關係較為合理。再者，「從」作「順」解，和「兇」字意義對舉來看，應是釋「從」字為佳。

〔3〕兇

簡本上的字形「」（以下以△代），原考釋者釋為「兇」，為「擾恐」、「惡暴」之意也：

「兇」，《說文·凶部》：「擾恐。」《廣韻》：「兇，惡也。」《正字通》：「兇，惡暴也。」

〔註174〕孫飛燕：〈讀《上博七》箚記二則〉，http://www.confucius2000.com/admin/list.asp?id=3889，2009.01.08。

〔註175〕後有專章討論書手問題，見第四章第三節。

復旦讀書會從之。

何有祖認為△字的寫法和其他「兜」字的寫法不同，所以討論其字形，認為△字下半部可能是書手受「心」寫法的影響而形成的衍筆，或是逕可解作從「凶」從「心」，仍讀作「兜」：

> 兜，整理者釋為兜，復旦讀書會從之。按：釋「兜」，只是隸定方面還需要稍作補充。「兜」字簡文作，比其它「兜」字作（同篇簡 14）、 （九店 M56 簡 28）多了弧度朝上的一橫筆。接近於同簡的「怠」（ ）所從「心」的寫法。〔註176〕當然簡文此處與心仍有細微差別，可以比較：
>
> （簡 4「兜」字所從）　　　 （簡 4「怠」字所從）
>
> 「心」一般作三筆寫，比較上列形體可知，其差別當體現在橫筆之外兩筆用筆的先後以及長短上。頗疑此處「兜」字當是受同簡從心之字的影響所致。對此有兩種辦法，其一是認為橫筆是衍筆，作「兜」的訛字處理；另一可以分析為從凶從心，讀作「兜」。〔註177〕

蘇建洲在〈《武王踐阼》簡 4「悤」字說〉〔註178〕中認為△字是「悤」字誤寫，因為它少了上一豎筆，但仍釋為「悤」。並舉出〈武王踐阼〉的書手有寫錯字的可能例證，以為△字也是誤寫：

> 簡 14「兜」作 ，與簡 4「△」字形並不相同。一般來說，「戰國古書寫本一篇之中習慣使用不同的字形來表示不同的詞」（宋華強〈釋上博簡中讀為「曰」的一個字〉，武漢大學簡帛網，2008.06.10），在《武王踐阼》中的確也是如此的。所以「△」字很可能不是「兜」，而是「兜」的通假字了。筆者以為「△」字實際上是「悤」字誤寫，

〔註176〕何有祖：怠，整理者直接如是作，其實字從以從日從心，可以讀作怠。所從日，參看同篇簡 14 怠（ ）相近部位橫筆與口靠近但未連綴的情形，可知是「以」的下橫筆與口連綴而成。當然本簡此種連綴現在只是右端筆劃的情形，左端筆劃仍可看見尚未封口。簡 14 大概是因為繁筆的「以」才有產生此種連綴的可能，而簡 4 的「怠」所從「以」為簡筆，似不當有此連綴。可見簡 4 的「怠」，很可能來自類似簡 14「怠」字的變體。

〔註177〕何有祖：〈《武王踐阼》小札〉，http://www.bsm.org.cn/show_article.php?id=945，2009.01.04。

〔註178〕蘇建洲：〈《武王踐阼》簡 4「悤」字說〉，http://www.gwz.fudan.edu.cn/SrcShow.asp?Src_ID=623，2009.01.05。

即少了代表「心的孔竅」的一豎筆（裘錫圭《古文字論集・說字小記》中華書局，1992，頁642～643）。《武王踐阼》訛誤的情況並不少見，復旦讀書會已指出如簡7「口生旬」，「旬」為「昒」之誤寫。又如簡2「牂（將）以書視（示）」，復旦讀書會指出：「簡文，整理者釋為『見』。此字下部作立人形，或當釋為『視』，讀為『示』，意思是『給（武王）看』。不過此種用法之『示／視』後面不接賓語（王）恐不通，此處似乎還是看作『見』之誤寫為好（因後簡7有標準的下為跪人形的『見』，故不看作形體混同）。」還有簡4「怠勝義則喪，義勝怠則長」，《大戴禮記》作「敬勝怠者吉，怠勝敬者滅」，乙本簡14作「敬勝怠則吉，怠勝敬則成（滅）」。讀書會指出：「『怠』是怠慢不敬，正與『敬』意思相反，將『怠』與『敬』對舉於義為長，簡文此處將『怠』與『義』對舉，則恐係因下文『義勝欲』、『欲勝義』之『義』而將『敬』誤抄為『義』。」所以將「△」少寫一小豎筆是可能的。

蘇建洲再以偏旁分析法，將△字和「恖」字比較，認為△字的上半部從「凶」聲，下半部是「心」的省形的「恖」字，仍可以讀為「兇」：

> 裘錫圭先生曾指出：《孔子詩論》「送」字「恖」旁作、等形，而左冢楚墓「棋局」「恖」字則作。後者可以看作前者的分解之形。也就是說前者所從的、，應該看作（凶）與或（「心」之省形）的合體，二者合用中間的弧線。楚文字中「心」字常見的寫法是、（橫的弧線可以變得很平直，也可以變得更為彎曲）（參看李守奎《楚文字編》，頁601～602「心」字，頁603～632 從「心」諸字），省去冒出橫弧線的尖端，就成、了。所以上舉那些「恖」字，可以看作由「心」和「丨」（或作、）組成的「恖」字加注「凶」聲而成的繁體。（見裘錫圭〈釋古文字中的有些「恖」字和從「恖」、從「兇」之字〉《出土文獻與古文字研究》第二輯，復旦大學出版社，2008，頁8）

> 看得出來，下部所從就是（「心」之省形），如果補上「丨」一筆的話，顯然就是上引裘先生所分析的「由『心』和『丨』（或作、）組成的『恖』字加注『凶』聲而成的繁體。」總之，簡文「△」

是「悤」字，可以讀為「兇」。

秋貞案：

△字對照今本「欲勝義者凶」〔註179〕，應讀為「兇」無誤。但在字形上是原本為「兇」字，抑或是本為「悤」而讀為「兇」呢？這就是大家討論的重點。筆者先從「悤」字作分析，試圖釐清「悤」和「兇」字的演變歷史，以判斷楚文字「悤」字和「兇」字的關係。

《說文》「悤」：「多遽悤悤也，從囪從心。」段注云：「各本作從心囪，今正。從囪從心者，謂孔隙既多而心亂也，故其字入囪部會意，不入心部形聲，假令入心部，則當為心了悟之解矣。」案：段氏沒看過甲骨文，不知其本義，所以從許慎所言。

季師在《說文新證》下冊把「悤」字形從甲骨到隸楷作了分析：

> 甲骨文從心，以一豎筆表示心開竅、通徹。金文以下或作肥筆、或作十字，居延簡把肥筆寫成中空的「厶」形，逢盛碑在其中打「乂」、《汗簡》則作重疊的兩個「乂」，這樣的字形楷字作「悤」；「囪」形左下省略則作「匆」，從這個寫法的偏旁，楷字作「怱」。〔註180〕

「悤」字在甲骨文時期就出現，它和「囪」字的關係為何？季師在《說文新證》下冊的「囪」字有如下的解說：

> 囪字古文字未見，多半出現在「悤」字的上部。「悤」字甲骨文作「♥」，從「心」，而以一豎筆表示心之通徹，金文豎筆加肥，漢以後畫成虛廓，而在其中畫「乂」，遂成「囪」形，三訂《金文編》「悤」字條下容庚注云：「從♦在心上，示心之多遽悤悤也。《說文》云：『從心囪。』囪當是♦之變形。又云『囪亦聲』，乃由指事而變為形聲矣。」據此，「囪」實由「悤」字上部之指事符號分化而來，本不成字。本指心之通徹，其後在屋所以通光線、空氣者亦曰囪，或體作「窗（同囪，非窗戶義）。〔註181〕

故「囪」字是「悤」字的一個部件，本不成字。許慎將其釋為「在屋曰窗」，從穴為窗，ⓊⓊ為古文。應該是針對「囪」形的一種附會之說，所以實際的來源

〔註179〕方向東：《大戴禮記匯校集解》，北京：中華書局，2008 年 7 月。
〔註180〕季師旭昇《說文新證》下冊，台北：藝文印書館，2004 年 11 月，頁 114。
〔註181〕季師旭昇《說文新證》下冊，台北：藝文印書館，2004 年 11 月，頁 114。

待考。為了要更清楚了解「恩」字的字形演變，筆者作下表分析：

字　體	字　形
甲骨	（商・菁 11.4）〔註 182〕
金文	（克鼎）〔註 183〕、（毛公唐鼎）〔註 184〕、（番生簋）〔註 185〕、（訣鐘）〔註 186〕、（蔡侯盤）〔註 187〕、（春秋・蔡侯申鐘）〔註 188〕
戰國	（璽彙 1108）〔註 189〕、（佀屌鼎）〔註 190〕、（能原鎛）〔註 191〕、（睡虎地 66）〔註 192〕、（棋局十六組文字）〔註 193〕、（雲夢・日甲 158 反）〔註 194〕
秦漢魏晉	（西漢・老子甲後 183）〔註 195〕、（於東韻「忽」字條下）〔註 196〕

　　從甲骨、金文發現「恩」字並不從「囪」聲，在戰國文字時，《荊門左冢楚墓》M3 所出「棋局」的「」字，從「恩」從「凶」，這個字加上「凶」聲。從以上的表格資料看出「恩」字甲骨作「」形，本是會意字，但《說文》云「從囪從心」，就變為形聲字。裘錫圭在〈說「恩」、「聰」〉一文中說到：

〔註 182〕《甲骨文合集》5346（《殷虛書契菁華》11・4）。此字為于省吾所釋，見其《甲骨文字釋林》，中華書局，1979 年 6 月，頁 366。
〔註 183〕《金文編》，中華書局，1985 年 7 月，頁 692。
〔註 184〕《金文編》，中華書局，1985 年 7 月，頁 692。
〔註 185〕《金文編》，中華書局，1985 年 7 月，頁 692。
〔註 186〕《金文編》，中華書局，1985 年 7 月，頁 692。
〔註 187〕《殷周金文集成（修訂增補本）》，中華書局，2007 年 4 月，第 7 冊，頁 5476，10171 號。
〔註 188〕《殷周金文集成（修訂增補本）》，中華書局，2007 年 4 月。
〔註 189〕「高恩」印，《古璽彙編》，文物出版社，1981 年 12 月，頁 126，1108 號。參看《古璽文編》，文物出版社，1981 年 10 月，頁 254。
〔註 190〕湯餘惠主編：《戰國文字編》，福建人民出版社，2005 年 8 月第 2 次印刷。頁 683。
〔註 191〕何琳儀：《戰國古文字典》上冊，北京：中華書局，2007 年 5 月，第 3 次印刷，頁 429。
〔註 192〕何琳儀：《戰國古文字典》上冊，北京：中華書局，2007 年 5 月，第 3 次印刷，頁 429。
〔註 193〕湖北省文物考古研究所等《荊門左冢楚墓》，文物出版社，2006 年 12 月，頁 181。原文見同書彩版四三，文字摹本見頁 182。
〔註 194〕湯餘惠主編：《戰國文字編》，福建人民出版社，2005 年 8 月第 2 次印刷，頁 683。
〔註 195〕徐中舒：《秦漢魏晉篆隸字形表》，成都：四川辭書出版社，頁 721。
〔註 196〕〔宋〕・夏竦《古文四聲韻》，台北，學海出版社，頁 20。

　　　　吳大澂由於毛公鼎⬥字當讀為「蔥」，就認為它是「古蔥字，
　　象形」（《說文古籀補》卷一「蔥」字條），顯然不可信。《金文編》
　　「恖」字條解釋字形說：「从▲在心上，示心之多遽悤悤也。《說文》
　　云：『从心囱。』囱當是▲之變形。又云『囱亦聲』，乃由指事而變
　　為形聲矣。」（692頁）「示心之多遽悤悤也」的說法，有些難以捉
　　摸，恐怕也有問題。〔註197〕

裘錫圭不能認同「⬥」是象形字的說法，而且也覺得許慎《說文》的說法不可
信。他認為「⬥」（恖）字初文的字形是指強調心有孔竅來表意，上面那一小豎
筆或點都表「通徹」之意。而且「囱」、「恖」、「聰」同音，蓋由一語之分化。
「恖」、「聰」音同，後來由「聰」取代「恖」之意，所以被留下來，而「恖」
反而成為「恖遽」的引申義了：

　　　　「囱」，指房屋與外界相通之孔。「恖」和「聰」，本來大概指心
　　和耳的孔竅，引申而指心和耳的通徹；也有可能一開始就是指心和
　　耳的通徹的，但由於通徹的意思比較虛，「恖」字初文的字形只能通
　　過強調心有孔竅來表意。古人以心為思想器官。《春秋繁露‧五行五
　　事》：「聰者能聞事而審其意也。」「聞事」靠耳之聰，「審其意」就
　　要靠心之「恖」了。大概由於「恖」、「聰」同音，在語言中無法區
　　別，「恖」意遂為「聰」所吞併。後來，「恖」只用來表示恖遽等義，
　　其本來意義就不為人所知了。〔註198〕

　　以上是裘錫圭對「恖」字精要獨到的分析。但「恖」字如何變為从「囱」
形，且和「恖」有何關係？

　　劉釗《古文字構形學》一書中，說明古文字「變形音化」的情形提到：
　　　　恖字甲骨文作⬥形，本為會意字；金文作⬥、⬥、⬥；小
　　篆作『囟』，已將『▲』形人為地改寫為與其形近的『囱』字，並以
　　『囱』為聲。〔註199〕

　　我們也可以從「恖」為偏旁的字，看出「恖」字形的演變。以「聰」和「蔥」
為例：

〔註197〕裘錫圭：《古文字論集》〈說「恖」、「聰」〉，1992年8月第一版，頁643。
〔註198〕裘錫圭：《古文字論集》〈說「恖」、「聰」〉，1992年8月第一版，頁643。
〔註199〕劉釗：《古文字構形學》，福建人民出版社，2006年1月第1次印刷，頁113。

一、聰

	字　形
東漢	 聰（逢盛碑）〔註200〕
東漢	 聰（譙敏碑）、聰（楊叔公殘碑）〔註201〕 
宋	 （南獄碑）〔註202〕

二、蔥〔註203〕

	字　形
戰國	 （睡虎地簡 19.180）
西漢	 （馬王堆 20）、（馬王堆 35）、（馬王堆 22）  
西漢	 （老子乙 123 下）、（相馬經 18 下） 
西漢	 （居延簡甲 2001）
西漢	 （漢印徵）、（漢印徵） 
魏晉	 （蒼山畫象石題記）
魏晉	 蔥（武威醫簡 64）

　　《說文》「聰」：「察也，從耳悤聲。」正如「譙敏碑」的「聰」字。這個字應如裘錫圭所言，「悤」形：「較晚的漢簡和漢碑的隸書多變點為『△』形（案：如蔥（居延簡甲 2001）），有時在中間空白處加交叉線而成『田』形（案：如聰（逢盛碑）和蔥（武威醫簡 64）），這跟漢代人寫『山』字有時也作山山等形同例」故從「囪」的這些「悤」字應該都是比較後期出現。而「悤」加「囪」聲，可能如「把琴改為『琴』，把�改為『弦』一樣，是把表意字字形的一部分改為形近的音符，使表意字轉化為形聲字的一種現象」。〔註204〕而「悤」字和「忽」字的關係，也可能如季師所言「『囪』形左下省略則作『匆』，

〔註200〕出自《隸辨》。
〔註201〕出自《秦漢魏晉篆隸字形表》。
〔註202〕〔宋〕‧夏竦《古文四聲韻》，台北，學海出版社。頁20。
〔註203〕「蔥」以下字形均出自徐中舒：《秦漢魏晉篆隸字形表》，成都：四川辭書出版社，頁56。
〔註204〕裘錫圭：《古文字論集》〈說「悤」、「聰」〉，1992年8月第一版，頁643。

從這個寫法的偏旁，楷字作『怱』」。〔註205〕有了「悤」字之後，才演變成「怱」字。

「蔥」都是从「艸」从「悤」形，沿襲金文。西漢居延簡把那當「通徹」的部分改為「△」形，但漢印徵仍是从「艸」从「悤」。〈蒼山畫象石題記〉又形成「公」形，武威醫簡从「囪」形。「公」形的這種寫法（亦如 （楊叔公殘碑）〔註206〕），裘先生認為「大概是由於『公』、『悤』二字韻部相同，所以改『△』為『公』，以就『怱』聲，但是『公』『悤』二字聲母不相近，『怱』長期以來被視為俗體。」〔註207〕

總之，「悤」字從甲骨的从「心」和上有一符號表「通徹」的表意字開始，一直發展到楷字从「心」从「囪」的形聲字，都留有甲骨金文字形表一「通徹」的特徵和「從心」的共同點，而且一直到後期隸楷才由「囪」、「勿」取代那表「通徹」的一豎或一點，於是後人不了解其本義。

蘇建洲在〈《武王踐祚》簡4「悤」字說〉中認為「」字是「悤」字誤寫，〔註208〕戰國楚文字的「悤」和「兇」之間的關係為何？有關〈武王踐阼〉簡4「　」的字形是楚文字中特殊寫法或是一般寫法呢？這要先從早期「兇」字形談起。

《說文》「凶」：「惡也，象地穿交，陷其中也。凡凶之屬皆從凶。」「兇」：「擾恐也，從人在凶下。春秋傳曰：『曹人兇懼』。」

季師在《說文新證》上冊，第584頁的「凶」字：

甲金文未見凶字，《合》27279有 ，各家或釋「兇」，辭云「祖丁吾又兇王又受又」《甲骨文字詁林》云：「（兇）似為祭名。」如果此說可成立，那麼「凶」字可能是「兇」字的分化；當然「兇」字也可能是從儿、凶聲。楚帛書「凶」字從凵從╳（五的初文，表交牾、牾逆之意），也有可能是以此會兇惡之意。〔註209〕

〔註205〕季師旭昇：《說文新證》下冊，台北：藝文印書館，2004年11月，頁114。

〔註206〕季師旭昇：《說文新證》下冊，台北：藝文印書館，2004年11月，頁178。「聰」字條下，言此字出自徐中舒：《秦漢魏晉篆隸字形表》，成都：四川辭書出版社。

〔註207〕裘錫圭：《古文字論集》〈說「悤」、「聰」〉，1992年8月第一版，頁643。

〔註208〕蘇建洲：〈《武王踐祚》簡4「悤」字說〉，http://www.gwz.fudan.edu.cn/SrcShow.asp?Src_ID=623，2009.01.05。

〔註209〕季師旭昇《說文新證》上冊，藝文印書館，2004年10月初版二刷，頁584。

「兒」字在甲骨文作「」（《合》27279），上從「凶」下從跪姿「卪」形，可見應是先有「兒」字，而後分化出「凶」字。「兒」字在後來的戰國文字上有那些形態出現，下以表格列出「兒」字及以「兒」為偏旁的字，試以比較分析：

（一）「兒」

出　處	字　形
《楚系簡帛文字編》	（九・56.28）〔註210〕
《楚文字編》	（九・56.56）〔註211〕
《戰國文字編》	（璽彙0094）〔註212〕
《戰國文字編》	（雲夢・日乙208）〔註213〕
《上海博物館藏戰國楚竹書（五）》	（上博五・鬼6.28）〔註214〕
《上海博物館藏戰國楚竹書（六）》	（上博六・用曰1）〔註215〕
《荊門左冢楚墓》	（左冢楚墓「棋局」：民）〔註216〕
《阜陽漢簡〈周易〉研究》	〔註217〕、〔註218〕

以上的「兒」字，都是上從「凶」下「卪」形或「儿」形或「人」形或「」形。可見戰國文字「兒」字下部所從的字形很多元。上博六的（上博六・用曰1）字形下部加上四點應為飾筆，看得出還是從「卪」形。

〔註210〕滕任生：《楚系簡帛文字編》，武漢：湖北教育出版社，2008年10月第一次印刷，頁677。

〔註211〕參看李守奎：《楚文字編》，華東師範大學出版社，2003年，頁447。

〔註212〕湯餘惠主編：《戰國文字編》，福建人民出版社，2005年8月第2次印刷，頁491。

〔註213〕同上。

〔註214〕馬承源主編：《上海博物館藏戰國楚竹書（五）》，上海古籍出版社，2005年12月第1版，頁157。

〔註215〕馬承源主編：《上海博物館藏戰國楚竹書（六）》，上海古籍出版社，2007年07月第1版，頁105。

〔註216〕湖北省文物考古研究所等《荊門左冢楚墓》，文物出版社，2006年12月，彩版四三，文字摹本見頁182。

〔註217〕韓自強《阜陽漢簡〈周易〉研究》，上海古籍出版社，2004年7月。「兒」字見簡15、29、43、57、99、113、124、132、133、134、150、155、201、202、223、226、239、296、302、312、328、428、461、499、503、529、556、590、640、653、656～659。

〔註218〕如簡15之「兒」，圖版見上注所引書頁3。此形只有兩例。

上表的 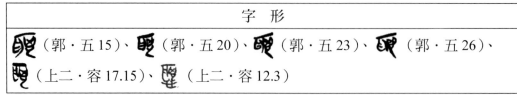（上博五‧鬼 6.28）「蒐師見～」字形上部多一小點，如果認為是「悤」字上的一個「通徹」符號，亦有所可能，但又不能完全當作「悤」字，因為其下不從「心」。這個字是否為「兇」。也還有待考證。

另外為更了解「兇」字的變化，再將楚文字從「兇」為偏旁的字表列出來，如下：

（二）從「兇」為偏旁之字，舉「聰（聡）」、「蔥（兇）」為例

1.「聰（聡）」〔註219〕

字　形
（郭‧五 15）、（郭‧五 20）、（郭‧五 23）、（郭‧五 26）、（上二‧容 17.15）、（上二‧容 12.3）

戰國楚文字偶有一例「」（郭‧唐 26），此字從耳從春省聲，除此之外，〔註220〕其餘的「聰」多為從「耳」「兇」聲，或疊加義符「心」。〔註221〕從《荊門左冢楚墓》M3 所出「棋局」的「」字，從「悤」從「凶」聲。

再看以「兇」為偏旁的「聰」字，就更能看出楚文字似乎有以「兇」取代「悤」旁的情形：

2.「蔥（兇）」

字　形
（包 2.255）〔註222〕
（璽彙 3995）（裘先生推斷為楚印）〔註223〕
（《長沙馬王堆一號漢墓》一號墓遣策簡 150）、
（《長沙馬王堆二、三號漢墓》第一卷三號墓遣策簡 129）〔註224〕

〔註219〕前五個字形出自滕任生：《楚系簡帛文字編》，武漢：湖北教育出版社，2008 年 10 月第一次印刷。頁 999～1000。最後一個字形出自馬承源主編：《上海博物館藏戰國楚竹書（二）》，上海古籍出版社，2002 年 11 月第 1 版，頁 157。

〔註220〕湯餘惠主編：《戰國文字編》，福建人民出版社，2005 年 8 月第 2 次印刷，頁 787。

〔註221〕季師旭昇：《說文新證》下冊，台北：藝文印書館，2004 年 11 月，頁 178。

〔註222〕滕任生：《楚系簡帛文字編》，武漢：湖北教育出版社，2008 年 10 月第一次印刷，頁 63。

〔註223〕裘錫圭：〈釋古文字中的有些「悤」字和從「悤」、從「兇」之字〉，2008 年 8 月。

〔註224〕出自陳松長：《馬王堆簡帛文字編》，頁 31。

上表所列「甲」、「艺」字，如裘錫圭在〈釋古文字中的有些「恩」字和從「恩」、從「兇」之字〉中所言：

> 馬王堆西漢早期墓竹簡亦有「菀」字（「兇」字下部作立人形）。一號墓遣策簡150所記為：「菀種五斗，布囊一。」（湖南省博物館等《長沙馬王堆一號漢墓》，文物出版社，1973下集頁233）原整理者考釋說：「菀，疑當讀為蔥。夒從兇聲，而夒與恩音近相通。」（《長沙馬王堆一號漢墓》上集頁142。整理者又引或說釋「楤」，則非是）其說甚是。三號墓遣策簡129所記為：「山菀茞（萉）一培」（湖南省博物館等《長沙馬王堆二、三號漢墓》第一卷，文物出版社，2004年7月，圖版二九），整理者謂「『山菀』似指『山菘』或『山蔥』」（湖南省博物館等《長沙馬王堆二、三號漢墓》第一卷頁56。整理者將末字右旁隸定為「舍」，疑所謂「舍」為「缶」之訛體，當釋「垎」，讀為「缶」），當以後說為是。此二墓竹簡以「菀」為「蔥」，也許就是由於楚文字的影響。[註225]

縱觀上下，楚文字的「恩」旁都寫作「兇」，這種字形可能是戰國時期楚文字才有的一種特殊寫法，很值得我們更深入探討。

在字音上，楚文字「聰（聦）」和「蔥（菀）」都是寫作從「兇」聲的字。「兇」上古音曉紐東部、「恩」為清母東部字，聲雖不近但韻同。《古文四聲韻》「楤」字形為「祝」，[註226]高亨《古字通假會典》第14、15頁，「騣」、「楤」都和「總」通，顯然「夒」和「兇」是一字的分化。[註227]「騣」、「楤」都從「夒」聲，和「總」從「恩」聲一樣，故「兇」和「恩」可通。是故楚文字的「恩」旁都寫成「兇」旁。

再看字形部分。「兇」字上部從「凶」而下半所從有三類：第一種跪姿，如「冂」形。第二種是「乚」形。第三種立姿，如「儿」、「人」形。

第一種「冂」形的「兇」字可以看成是甲骨文「⿰」形的延續。而且這一類的「兇」字不管在單字上或是用當作偏旁，寫成「冂」形的比較多。

第二種是「乚」形，如：服（郭・五26）的「巴」，璽（璽彙3995）的

〔註225〕裘錫圭：〈釋古文字中的有些「恩」字和從「恩」、從「兇」之字〉《出土文獻與古文字研究》第二輯，上海，復旦大學出版社，2008年8月，頁8。

〔註226〕〔宋〕夏竦：《古文四聲韻》，頁23。

〔註227〕裘錫圭：〈釋古文字中的有些「恩」字和從「恩」、從「兇」之字〉，2008年8月。

・145・

「」。這「」形的寫法推測可能是先右一短筆「╱」，再左一長筆「╲」。裴錫圭在〈釋古文字中的有些「恖」字和從「恖」、從「兇」之字〉一文中後面〈補記〉所述，認為「」形也是「冂」形的看法：

> 《五行》簡 26「聰」字「兇」旁和《古璽彙編》3995「蒽」字「兇」旁的下部，在電腦上放大來看，其實是由左邊的「╲」和右邊的「＜」構成的，並非楚文字「冂」形變化的例外。

裴錫圭認為「」、「」這兩字形也可以看做「冂」形寫法，只是左筆和右筆下部幾乎可以構成一條弧綫，所以也可能和第一種歸為一類。另外《左冢楚墓》「棋局」的「」字，下部所從也可能如上所述的情形，也可能如裴先生的看法，是「冂」形的另一種寫法：

> 就是左冢棋局的「兇」字下部也並不作「」，而是作「」的，也就是先寫出「」，然後再加一筆，似仍以看作「冂」形之變為宜，所以寫得這樣特別，可能是由於照顧特殊的書寫環境，不想把字形寫得太長。〔註228〕

筆者認為這時期楚文字「兇」字下部有寫成「冂」形和「」形。因為不只「兇」字，在楚文字中同一字也有從「冂」和「」形互換的例子：

如「頁」字：〔註229〕

　　從「」形：（包牘一）

　　從「冂」形：（信二‧05）、（信二‧017）、（仰二五‧22）

如「頁」字：〔註230〕

　　從「」形：（信二‧21）、（包牘）。

　　從「冂」形：（信二‧04）。

裴錫圭也認為楚文字「冂」形變為「」一類形狀的可能性不小。〔註231〕

〔註228〕裴錫圭：〈釋古文字中的有些「恖」字和從「恖」、從「兇」之字〉，2008 年 8 月。

〔註229〕滕任生：《楚系簡帛文字編》，武漢：湖北教育出版社，2008 年 10 月第一次印刷，頁 798。

〔註230〕滕任生：《楚系簡帛文字編》，武漢：湖北教育出版社，2008 年 10 月第一次印刷，頁 801。

〔註231〕參見裴錫圭：〈釋古文字中的有些「恖」字和從「恖」、從「兇」之字〉，2008 年 8 月。裴先生說到：楚文字中「冂」形變化的例外，除《昭王與龔之脽》的「見」字外，還見於《上博（五）‧鮑叔牙與隰朋之諫》簡 5 的「見」字（）、曾侯乙鐘銘個別「顧」字的「頁」旁（《楚文字編》頁 536「顧」字第一例）。

楚文字中從「冂」寫成「乀」形的例子，還有「也」字。「也」字下部有寫為一筆的，也有寫成「乀」形（滕先生編案：此類字與「只」字同形。讀為「也」），在郭店〈成之聞之〉簡中的「也」字也有少數寫成「冂」形。〔註232〕再如「既」字的「皂」旁，大部分都寫成「乀」形，在上博（二）〈民之父母〉簡中有幾例寫成「冂」形。〔註233〕所以「兇」字實在不必拘泥於「冂」形的寫法上。

　　楚文字中還有從「冂」、「儿」、「人」形互換的，如「顓」字：〔註234〕

　　　　　聚　　　　　聚　　　　　聚　　　　　聚

　　（郭六·26）　　（郭·語一·15）　　（上一·緇·1）　　（上一·緇·18）

故楚文字「兇」下部可以寫成「冂」、「乀」、「儿」、「人」形都通。

　　至於到漢代《阜陽漢簡〈周易〉》「兇」字，應該是由「乀」形所演變而來的。是故「兇」字在楚文字的寫法中，以「冂」形為主流，因為目前所見的「兇」字以寫成「冂」形的字為多，可能也是當時一般都習慣這種寫法，就像「食」旁、「皂」旁、「頁」旁，當時的習慣寫成「乀」形，只有少數寫成「冂」形。

　　所以綜合以上，我們推論「兇」字下所從是「冂」形的話，這也可以視為是甲骨文 兇 （《合》27279）的一種沿襲，上從「凶」下從「冂」、「乀」、「儿」、「人」形，後來由形「乀」而寫成「ㄟ」形，如《阜陽漢簡〈周易〉》有兩例「兇」字。秦系文字的「兇」字下從「儿」、「人」形及後來的繼承秦文字及漢隸就以從「人」形為主。筆者認為「兇」字演變情形，如下圖：

　　　　　　　　　　　↗兇（戰國楚簡）

　兇（甲骨文）→兇（戰國楚簡）→兇（漢簡）→兇（楷體）

　　　　　　　　　　　↘兇（戰國秦簡）

〔註232〕滕任生：《楚系簡帛文字編》，武漢：湖北教育出版社，2008年10月第一次印刷，頁1044。

〔註233〕滕任生：《楚系簡帛文字編》，武漢：湖北教育出版社，2008年10月第一次印刷，頁504。

〔註234〕滕任生：《楚系簡帛文字編》，武漢：湖北教育出版社，2008年10月第一次印刷，頁800。

　　〈武王踐阼〉簡4的「[image]」字（以下為方便撰寫，以△代）應是「兇」字。何有祖所言，他認為△中間一橫是受「心」字寫法的影響，而分析為從凶從心，讀作「兇」。秋貞案：筆者從之前對「兇」的字形分析，得出結論，因為我們所見的楚文字「兇」字沒有從「心」的例子，「兇」字是上聲下形。△字應是上從「凶」聲，下從「儿」形，不从「心」，而一橫筆目前應如何有祖所言，為一衍筆，為「兇」的訛字。或許我們等待更多的出土材料可以證實「兇」字也有中間一筆，如此便可以當作是「儿」形的另一種變形的寫法。

　　而蘇建洲認為△字是「悤」字誤寫，他舉出〈武王踐阼〉的書手有寫錯字的可能例證，雖然它少了上一豎筆，但仍釋為「悤」。蘇建洲再以偏旁分析法，將△字和「悤」字比較，認為△字的上半部從「凶」聲，下半部是「心」的省形的「悤」字，仍可以讀為「兇」。

　　我們從前面「悤」字的分析和演變，可以看到「悤」字從甲骨到戰國文字，都有一「通徹」和從「心」的特徵，這是構成「悤」字的必要條件。楚文字以「兇」字取代「悤」旁，可以說是戰國楚文字的一種特色。也因為「悤」以「兇」取代，「悤」、「兇」的字形相近而偶有訛誤，故造成「[image]」（上博五‧鬼6.28）這種字形，上有一「悤」字的特徵，下又從「兇」形，但釋為「兇」的字，這種情形並不多見。

　　再看簡4△字，其上沒有一「通徹」的特徵，而下部也不從「心」形，所以並不能釋為「悤」字。裘錫圭在〈釋古文字中的有些「悤」字和從「悤」、從「兇」之字〉一文後的〈補記〉說到「邵鐘『虞』上一字的上部，與一般『匕』字尚有細微差別，即右邊斜畫較長，看起來有些像『瓜』字。但不管是『匕』是『瓜』還是別的什麼，釋『悤』之說是難以成立了。」，因為「將邵鐘各器拓本『虞』上一字在電腦上放大後，發現此字在《集成》231、233、234、236等號拓本上，可以看得相當清楚，其上部作[image]形，似『匕』字。230號此字上部似直豎，恐是鑄壞的，不足為憑。所以此字不能釋為『悤』」，[註235]他認為邵鐘『虞』上一字的上部恐是鑄壞，這不能當作「悤」字上應有一「通徹」的象徵，所以連帶的他先前認為「《孔子詩論》『送』字『悤』旁

〔註235〕裘錫圭：〈釋古文字中的有些「悤」字和從「悤」、從「兇」之字〉《出土文獻與古文字研究》第二輯（上海：復旦大學出版社，2008年8月），頁17。

作![圖]、![圖]等形」是「![凶]（凶）與![心]或![心]（『心』之省形）的合體」的推論，他也表示「拙文認為楚文字中有時用『兇』的異體『悩』的簡化形式來代替一般『兇』字的說法應該取消。」〔註236〕

總而言之，最早期「兇」和「恖」的區別很清楚。「兇」字下部不從「心」形；「恖」字從一「通徹」的特徵和下從「心」形。到戰國楚文字的「恖」旁會以「兇」旁代替如![圖]（郭·五15），或是「恖」字會從「凶」，如《荊門左冢楚墓》M3所出「棋局」的「![圖]」字，這同時反應戰國楚文字的特色。「恖」、「兇」兩字雖然聲不近但韻同，如從「公」的「聰」和「葱」字，也是以「公」取代「恖」的聲符（「公」、「恖」的亦是聲不近但同韻），故從「恖」的字會以「兇」代。楚文字「兇」形的下部所從經過演變而趨於多元，而且楚文字「恖」、「兇」字形太相近，所以造成「恖」、「兇」偶有混誤的情形，如「![圖]」（上博五·鬼6.28）字。〈武王踐阼〉簡4「谷（欲）剰（勝）義則![圖]」，此字的中間一筆，應釋為衍筆，或許可能是受到「心」形的影響，但是基本上還是不能當作「心」字，故此字應釋讀為「兇」才是。

2. 整句釋義

如果正義戰勝貪欲，則民為順從、隨從；而貪欲戰勝正義，則因惡暴而產生擾亂、恐慌。

（四）悳〔1〕吕尋之，悳吕獸〔2〕之，亓筆〔3〕百〔殃〕

1. 字詞考釋

〔1〕悳

簡本上的字形為「![圖]」，原考釋者釋「仁」，為「人心」、「愛人利物」、「為下人」之心：

> 「悳」，從心，身聲。楚文字作「仁」。《孟子·告子上》：「仁，人心也。」《莊子·天地》：「愛人利物之謂仁。」《孟子·滕文公上》：「為天下人者，謂之仁。」

〔註236〕裘錫圭：〈釋古文字中的有些「恖」字和從「恖」、從「兇」之字〉《出土文獻與古文字研究》第二輯（上海：復旦大學出版社，2008年8月），頁19。

〔2〕獸

簡本上的字形「」，原考釋者釋為「守」，為「守備」之意：

> 「獸」，《說文·嘼部》：「獸，守備者。」讀為「守」。《穀梁傳·隱公二年》：「知者慮，義者行，仁者守。」范寧《集解》：「眾之所歸，守必堅固。」

〔3〕箽

簡本上的字形「」，原考釋者釋為「運」，為「國運」之意，和下一字缺字「殜」字，合為「運世」意：

> 「殜」，據上下文義補，字當在下簡首。「箽」，從竹，軍聲，讀為「運」。「殜」，即「世」字繁構。「運世」，運轉世局。

復旦讀書會認為「運」字從「軍」聲，意為「世運，國運」。今本《大戴禮記》此句為「其量百世」，對應的是「量」字，應是誤字：

> 「運」指「世運，國運」。《大戴禮記》作「量」，應為誤字。

劉洪濤在〈用簡本校讀傳《武王踐阼》〉一文中認為「量」字應是「軍」或「暈」的誤字：

> 黃懷信注：「量，數也，謂子孫有國之代數。」簡本跟「量」對應的字作「箽」，讀為「運」，指運數。學者已指出傳本「量」為誤字，「量」應該是「軍」或「暈」的誤字。〔註237〕

秋貞案：

今本的「量」字對應簡本為「運」字，劉洪濤認為「量」為「軍」或「暈」的誤字。但筆者所見楚文字「量」字形如下：〔註238〕

（包2.53）　　　（包2.73）　　　（包2.149）　　　（上二·容·37～38）

簡本「運」從「竹」從「軍」聲，如「」（簡5.11）字。「量」和「運」字形有別，不太可能有誤寫之虞。「量」字於古代文獻中不作為「國祚」長短

〔註237〕劉洪濤：〈用簡本校讀傳本《武王踐阼》〉，http://www.bsm.org.cn/show_article.php?id=997，2009.03.03。

〔註238〕滕任生：《楚系簡帛文字編》，武漢：湖北教育出版社，2008年10月第一次印刷，頁766。

之意，但有「長短」之意。如《周禮・夏官・量人》：「制其從獻脯燔之數量」鄭玄注：「量，長短也。」〔註239〕如果以此為「國祚之長短」可能未必直接，但也不失為一種說法。

本簡的「運」字見馬王堆帛書《春秋事語・魯桓公少章》「魯（亘）桓公少，隱公立以奉孤，公子篿胃（謂）隱公曰：『胡不代之。』隱公弗聽，亦弗罪。」篿為魯大夫，三傳皆作翬，《史記》作揮。〔註240〕「篿」字從「軍」聲，讀為「運」可通。與「國運」有關文獻在《阮瑀〈為曹公作書與孫權〉》「幸蒙國朝將泰之運」，李周翰注：「運，會也」。〔註241〕故不論今本的「量」或簡本的「運」都有可以解釋得通。

2. 整句釋義

仁者可得天下之人心，可以守國土，其國運可達百世。

（五）不悬〔1〕㠯尋之，悬㠯獸之，亓篿十殜〔2〕。不悬㠯尋之，不悬㠯獸之，及〔3〕於身。

1. 字詞考釋

〔1〕不悬

原考釋者釋讀為「不仁」，意為「無仁厚之德」：

> 「不仁」，指無仁厚之德。《易・繫辭下》：「小人不恥不仁。」
> 《禮記・檀弓上》：「之死而致死之，不仁而不可為也。」《論語・
> 八佾》：「人而不仁，如禮何？人而不仁，如樂何？」

〔2〕十殜

原考釋者認為「一世」為「三十年」。在此為「十世」：

> 「十世」，《說文・卉部》：「三十年為一世。」

秋貞案：

筆者發現本簡5 [圖] 和簡11 [圖] 、簡15 [圖] 的「世」字右上從「亡」部，寫

〔註239〕宗福邦、陳世鐃、蕭海波主編《故訓匯纂》下冊，北京：商務印書館，2007年9月，頁4409。

〔註240〕王輝：《古文字通假字典》，中華書局，2008年2月，頁503。

〔註241〕宗福邦、陳世鐃、蕭海波主編《故訓匯纂》下冊，北京，商務印書館，2007年9月，頁4307。

作「□」，此字原考釋者隸為「殜」，我懷疑這字的右半部應是從「桑」省，如「□」字，而不是從「枼」，故「□」字，從「桑」省、從「死」聲。如此一來，「□」和「□」是一字異體，差別在排列寫法不同，前者左右排列，後者上下並列。

筆者整理一下「亡」、「喪」、「殜」這三個字的關係，有以下幾點意見：

甲、如果字形單純「□」、「□」，應釋為「亡」，「亡」有「無」、「亡失」、假借「逃亡」以及引申為「死亡」之義。〔註242〕

乙、如果字形「□」，即是「桑」假借為「喪」的寫法。

丙、如果字形「□」、「□」、「□」，為從「桑」省從「亡」，應釋為「喪」，也可釋「亡」。

丁、如果字形「□」、「□」，從「桑」省（或是乙丙類的字形糅合，即「桑」和「亡」字的糅合）從「死」，即強調「身歿」之意，一身死，即是一世。故「世」字與「喪」字相似，而寫法有別，但均有從「死」之特徵。段注《說文》說「喪亡」的本義非常精闢，「喪」有死亡義，但「亡」本沒有死亡義：

〈亡部〉曰：「亡，逃也」亡非死之謂，故《中庸》曰：『事死如事生，事亡如事存。』《尚書大傳》曰：『王之於仁人也，死者封其墓，況於生者乎；王之於賢人也，亡者表其閭，況於在者乎。』皆存亡與生死分別言之。凶禮謂之喪者，鄭《禮經目錄》云：『不忍言死，而言喪，喪者棄亡之辭，若全居於彼焉，已失之耳。』是則死曰喪之義也。公子重耳自偁身喪，魯昭公自偁喪人，此喪之本義也。凡喪失字本皆平聲，俗讀去聲以別於死喪平聲，非古也。」

筆者認為本簡〈武王踐阼〉的「世」字均寫成從「喪」省的字形，而別於從「枼」的「世」字。「□」既有「死」之意，和「世」有聲韻的關係而形成通假。「死」字上古音心脂切，「世」字書月切，聲同為齒音，韻有旁對轉的關係。《詩‧大雅‧皇矣》「作之屏之，其菑其翳；脩之平之，其灌其栵」，以「翳」（脂）韻「栵」（月）。〔註243〕故「□」字從「喪」省從「死」，「死」旁有聲音

〔註242〕季旭昇師《說文新證》下冊，藝文印書館，2004年11月初版，頁204。
〔註243〕陳新雄：《古音學發微》，文史哲出版社，1975年，頁1080。

兼義的功能。

本簡的「」字很特別在其他楚簡未見，故筆者將戰國文字「世」字表列如下作一比較：〔註244〕

字　形	文　例
（郭店・唐3）	然後正～
（郭店・唐7）	～無隱直德
（郭店・唐21）	上德而天下有君而～明
（齊・十年陳侯午敦）	
（齊・十四年陳侯午敦）	
（晉・䊷螢壺）	
（秦・詛楚文）	

我們看到楚國文字的「世」和秦系「世」形類似，而齊文字加「立」旁，晉系文字加「死」旁。戰國楚文字雖有「世」字，但以「殜」字形的「世」為多，如：〔註245〕

字　形	文　例
（天卜）	見毋～之
（郭・窮2）	苟有其～則苦
（上二・子1）	昔者則殁～也

〔註244〕滕任生：《楚系簡帛文字編》，武漢：湖北教育出版社，2008年10月第一次印刷，頁209。

〔註245〕前三字出自滕任生：《楚系簡帛文字編》，武漢：湖北教育出版社，2008年10月第一次印刷，頁403；後四字出自季師《說文新證》上冊，藝文印書館，2004年10月初版二刷，頁146。

（上一・孔3）	如舜在今之～則何若
（上二・從甲12）	唯～不懻（？）
（新・乙四109）	就禱三～之殤

以上這些「殜」字的右上的部分為「乍」，季師認為應是從「亡」訛作「乍」形，（上二・子1）比較特別為從「」形，但又和「世」形不類，很像「世」和「乍」的雜糅。

以本簡的「」字，從「桑」省從「死」聲，可以讓我們看到戰國楚文字另一種「殜」字的寫法，這種字形從「喪」有「歿」意，再加「死」聲，更強調有「身歿」之意，一身歿，即一世，故「殜」字在戰國時的楚國是有其意義也比較通行的字體。我們現今所用的是筆畫簡單的「世」字，應該是戰國楚文字的「」形、秦的詛楚文上的「」字、西漢初的小篆（《孫臏》15）所承繼下來，之後所見都是「世」這種字形了。

〔3〕及

原考釋者釋為「連累」：

> 《廣雅・釋詁四》：「及，連也。」《左傳・隱公六年》：「長惡不悛，從自及也。」

秋貞案：

「及」似逕釋為「至」即可。《呂氏春秋・明理》「其福無不及也」高誘注：「及，至也。」〔註246〕若釋為「連」，反而更繚繞。

2. 整句釋義

無仁厚之德而得到政權，如果能持守用仁，則其國運可達十世。無仁厚之德而得到政權，而又不能持守用仁，國運只能及於自身而止。

〔註246〕宗福邦、陳世鐃、蕭海波主編《故訓匯纂》上冊，北京，商務印書館，2007 年 9 月，頁 568。